사중주 네 편

—T. S. 엘리엇의 장시와 한 편의 희곡

Four Quartets, and Other Long Poems,
with Murder in the Cathedral
T. S. Eliot

대산세계문학총서 154

사중주 네 편
—T. S. 엘리엇의 장시와 한 편의 희곡

Four Quartets, and Other Long Poems,
with Murder in the Cathedral

T.
S.
엘리엇 지음 ─ 윤혜준 옮김

문학과지성사

대산세계문학총서 154_시, 희곡

사중주 네 편—T. S. 엘리엇의 장시와 한 편의 희곡

지은이 T. S. 엘리엇
옮긴이 윤혜준
펴낸이 이광호
주간 이근혜
편집 김은주
펴낸곳 ㈜**문학과지성사**
등록번호 제1993-000098호
주소 04034 서울 마포구 잔다리로7길 18(서교동 377-20)
전화 02) 338-7224
팩스 02) 323-4180(편집) 02) 338-7221(영업)
전자우편 moonji@moonji.com
홈페이지 www.moonji.com

제1판 제1쇄 2019년 8월 30일

ISBN 978-89-320-3565-9 04840
ISBN 978-89-320-1246-9 (세트)

이 도서의 국립중앙도서관 출판예정도서목록(CIP)은 서지정보유통지원시스템 홈페이지(http://seoji.nl.go.kr)와
국가자료공동목록시스템(http://www.nl.go.kr/kolisnet)에서 이용하실 수 있습니다.
(CIP제어번호: CIP2019031935)

이 책은 대산문화재단의 외국문학 번역지원사업을 통해 발간되었습니다.
대산문화재단은 大山 愼鏞虎 선생의 뜻에 따라 교보생명의 출연으로 창립되어
우리 문학의 창달과 세계화를 위해 다양한 공익문화사업을 펼치고 있습니다.

차례

휑한 자들 7
성회 수요일 17
「반석」 중 코러스 39
사중주 네 편
번트 노튼 83
이스트 코커 95
드라이 샐베이지스 109
리틀 기딩 125
대성당 살인
1막 146
간주곡 183
2막 187

옮긴이 해설 · 「사중주 네 편」 외 — T. S. 엘리엇의 장시 224
작가 연보 233
기획의 말 238

일러두기

1. 이 책은 T. S. Eliot의 *The Complete Poems and Plays of T. S. Eliot* (London: Faber and Faber, 1978)의 일부를 우리말로 옮긴 것이다. 들여쓰기와 연 구분은 이후에 나온 판본들도 참조했다.
2. 본문의 각주는 옮긴이의 것이다.
3. 원문에서 단어의 첫 글자를 대문자로 강조한 것과 고유명사가 아닌 일반명사가 대문자로 표기된 것은 고딕체로 옮겼다.

횅한 자들*

휑한 자들

'미스타 커츠—죽었다'[1]

가이 영감 위해 페니 한 푼[2]

1

우리는 휑한 자들

우리는 볏짚 인간

서로 기대 있어

머리통 지푸라기로 채워놨으니. 저런!

우리 메마른 목소리, 서로

---

1) 조지프 콘래드Joseph Conrad의 소설 『어둠의 심장Heart of Darkness』을 인용하고 있다. 이 소설의 화자인 말로우Marlow는 서구 문명의 개척 정신을 영웅적으로 실천한다고 알려진 커츠Kurtz라는 인물을 만나러 아프리카 콩고 오지로 가지만, 그곳에서 만난 커츠는 상아 장사에 눈이 멀고 야만적인 원시종교에 물든 채 병들어 죽어가고 있다. 인용문은 커츠가 죽었음을 알리는 흑인 종자의 말이다.

2) 영국의 민속 축제일인 11월 4일 '가이 폭스 데이Guy Fawkes Day'에 어린이들이 집집마다 다니며 돈을 달라고 할 때 쓰는 표현이다. 가이 폭스는 1605년 국왕과 상하원의원들을 폭파시켜 죽이려 한 혐의로 11월 4일에 붙잡혔고 음모 가담자들과 함께 처형되었다. 매년 이 날엔 나라의 재앙을 면한 것을 (또는 군주 및 정치인들을 폭파시켜 제거해버리려 한 시도를 흠모해) 저녁에 폭죽을 쏘고 지푸라기로 만든 가이 폭스의 허수아비를 불태운다. 1장 2~5행은 '가이 폭스 데이'의 지푸라기 허수아비를 염두에 둔 표현들이다.

속삭일 때면
잠잠하고 의미 없어
마른 풀 사이 바람처럼
혹은 깨진 유리 밟는 생쥐 발처럼
우리의 마른 지하실에서

모양 없는 모습, 빛깔 없는 그늘,
마비된 동력, 동작 없는 몸짓,[3]

두 눈 뜨고 곧장 건너간 그들
죽음의 또 다른 왕국으로 간 자들의
기억 속에서[4]—혹시 떠올린다면—우리는
끝장난 극렬한 영혼들 아니라, 그저
휑한 자들
볏짚 인간.

---

3) 이어지는 부분의 출처는 단테의 『신곡』 중 「지옥Inferno」이다. 「지옥」 3곡 31~69행에
는, 너무나 비겁한 삶을 살아서 하느님과 하느님의 적, 양측 모두 받아들이기 꺼리는 자
들이 등장한다. 이들은 정식 지옥에도 들어가지 못한 채 파리와 벌 떼에게 영원히 시달
린다. 이들은 "제대로 산 적이 없고"(64행) 또 "죽을 희망도 없는" 자들이기에, "다른
운명들을 시기하며"(46~48행) 신음한다.

4) "죽음의 또 다른 왕국"은 지옥을 가리킨다. 단테가 「지옥」에서 만나는 자들은 하나같이
생전의 극적인 사건들과 원한을 생생하게 기억하고 있다. 이들은 "제대로 산 적이 없는"
비겁한 자들과 분명히 다르다.

2

꿈속에서 감히 내가 보지 못할 눈들은[5]
죽음의 희망 왕국에선
나타나지 않는다.
거기, 눈들은
무너진 기둥에 내리쬐는 햇빛[6]
거기, 나무 한 그루 한들거려
또 목소리들
바람 노래에 담겨
더 아득해 더 근엄해
꺼져가는 별보다도.

나 더 가까이 가지 않길
죽음이 꿈꾸는 왕국에
나 또한 차려입길
의도적인 위장복을
생쥐 코트, 까마귀 가죽, 십자가 말뚝을

---

5) 이 시행은 단테의 『신곡』 중 「연옥Purgatorio」 30곡을 떠올린다. 연옥 산을 힘겹게 올라
가 마침내 베아트리체를 다시 만난 극중 인물 단테는 성화된 그녀의 눈을 차마 보지 못
한다.
6) "무너진 기둥"은 『구약성서』 「사사기」(또는 「판관기」) 15장 삼손(뒤의 4장의 배경에도
등장한다)에 대한 암유로 볼 수 있다. 델릴라의 유혹에 넘어가 블레셋의 포로가 되어 두
눈을 뽑힌 삼손은 하느님께 "부르짖어" 단번에 원수를 갚게 해달라고 외친다. 그들의 신
을 찬미하며 향연을 즐기던 블레셋인들의 전당에서 삼손은 "가운데 기둥을 하나는 왼손
으로, 하나는 오른손으로" 무너뜨려 모두 죽이고 본인도 죽는다(28~30절).

벌판에서
바람 하는 짓 따라 하며
더 가까이 말고——

저 황혼 왕국에서
그 마지막 만남은 아니길.[7]

3

이곳은 죽은 땅
이곳은 선인장 땅
여기 돌 형상들
세워져, 여기 그것들에게
죽은 자의 손이 빌고 있어
꺼져가며 반짝이는 별빛 밑에서.

거기서도 이러할까
죽음의 다른 왕국에서
혼자 깨어나
그 시간 우린
정 복받쳐 부르르 떨고

---

7) 11쪽 각주 5) 참조.

키스하려던 입술은

부서진 돌에게 중얼중얼 기도하고.[8]

4

눈들이 여기 없어

없어 눈들은 여기

이 죽어가는 별들의 골짜기엔

이 휑한 골짜기엔

우리 잃은 왕국들의 부서진 아래턱엔[9]

이 마지막 만남의 장에서

우리 함께 더듬더듬

말 걸기는 꺼리며

불어 오른 강 이쪽 강변에 모여[10]

---

8) 셰익스피어의 「로미오와 줄리엣」 1막 5장, 두 연인이 첫 키스를 할 때 나눈 대화를 불러오는 시행들이다. 줄리엣이 자기 손을 잡은 로미오에게 "입술은 기도에 사용하는 것이에요"라고 하자 로미오는 "손이 하는 기도를 입술로 해요"라고 한 후 그녀에게 키스한다(102~03행). '기도'와 '키스'의 순서가 엘리엇의 시에서는 반대로 뒤집혀 있다.

9) "부서진 아래턱"은 삼손이 델릴라의 유혹에 넘어가기 전 블레셋인들을 쳐 죽인 "나귀의 턱뼈"(「사사기」 14장 16절)를 의식한 표현이다.

10) 단테의 『신곡』 중 「지옥」에서 본격적인 지옥으로 건너가는 '아케론테Acheronte' 강을 연상시킨다. 또한 단테의 「천국Paradiso」 30곡에서 극중 단테가 "새로운 시력"으로 불타올라 "자신의 능력 그 위로 솟아올라" 바라보는 "강의 형태를 한 빛"(55~61행)도 함축하고 있음을 이어지는 행들이 시사한다.

두 눈 없이, 혹시
다시 눈이 보이지 않는 한[11]
지지 않는 별들로
죽음의 황혼 왕국의
꽃잎 겹겹 장미꽃으로[12]

희망은 오직 그것뿐
텅 빈 자들에겐.

5

여기서 우리 빙빙 돌자 삐죽 배나무 삐죽[13]
삐죽 배나무 삐죽 배나무
여기서 우리 빙빙 돌자 삐죽 배나무 삐죽
이른 새벽 다섯 시 땡땡 종 칠 때.[14]

---

11) 단테의 「천국」에서 극중 단테는 순화되는 정도에 따라 베아트리체의 눈부신 눈을 바라
  볼 능력을 얻게 된다.
12) 단테의 「천국」 30곡에서 천국의 모습은 "영원한 장미꽃"(124행)으로 묘사된다. 그러나
  엘리엇의 시에서 이 장미는 "황혼 왕국," 즉 연옥에 속해 있다.
13) 원문에선 "prickly pear"(선인장을 의미함)를 반복해 리듬을 만들었는데, 이 같은 두
  운 효과를 전달하기 위해 이렇게 옮겼다.
14) 기독교 전승에 따르면, 예수 그리스도가 부활한 시간이 새벽 5시였다. 엘리엇의 시에
  서는 이 부활의 시간에 아무런 기적도 일어나지 않는다.

개념과

실체 사이

동작과

행동 사이

저 그림자님 깃드시어[15]

나라가 당신 것이니

구상과

창작 사이

감정과

반응 사이

저 그림자님 깃드시어

삶이란 매우 길어

욕정과

경련 사이

능력과

존재 사이

본질과

하강 사이

---

15) 이 부분은 셰익스피어의 「줄리어스 시저Julius Caesar」 2막 1장, 가이 폭스처럼 반역을 꿈꾸는 브루투스의 다음과 같은 독백을 인용하고 있다. "끔직한 일을 실행하는 것과/이를 처음 동작에 옮기는 것 사이에, 그 중간은/마치 망상, 아니면 끔직한 악몽 같다"(63~65행). "그림자님"은 원문의 "Shadow"의 대문자를 의인화 효과로 해석해서 옮긴 것이다.

저 그림자님 깃드시어

　　　　나라가 당신 것이니

당신 것
삶이
당신 것이니

세상은 이렇게 끝나네
세상은 이렇게 끝나네
세상은 이렇게 끝나네[16)
쾅 하고가 아니라 울먹이며.[17)

---

16) '가이 폭스 데이' 어린이 동요는 "우리는 이렇게 손뼉 친다네"를 후렴으로 반복한다.
"나라가 당신 것이니(For Thine is the Kingdom)"는 영어 「주기도문Lord's Prayer」
의 일부이다. 전통적인 영어 「주기도문」의 마지막은 "world without end"이다. 엘리
엇 시는 "the world ends"를 주문처럼 반복한다.

17) 원문은 "Not with a bang but a whimper"이다. 'b'와 'w'의 두운에 실린 원문의 빼
어난 음악성을 존중하려 시도했다. "Not with a bang"은 엘리엇이 하버드 재학 시절
조지 산타야나George Santayana의 강의에서 들은 표현이라고 한다. 산타야나는 단테
의 『신곡』이 "not with a bang 〔……〕 but in sustained reflection"으로 끝난다고 했
다고 한다. 엘리엇의 시에서는 사색의 여운 대신 울먹거림으로 끝난다. 이것을 뉘우침
과 참회의 자세로 해석한다면 구원으로 이어질 가능성을 열어둔 것이기도 하다.

16

성회 수요일*

* 엘리엇이 1927년에 성공회로 개종한 후 발표한 첫번째 장시로, 1, 2, 3장을 1928~29년에 잡지에 개별적으로 발표한 후 총 6장으로 된 장시로 완성해 1930년에 단행본으로 출간했다. '성회 수요일(Ash Wednesday)'은 그리스도의 수난을 묵상하는 40일간의 사순절(Lent)을 시작하는 날이다. 이날에 사제가 재를 태워 신도들의 이마에 십자가를 그려주기에 생긴 이름이다. 엘리엇이 개종 과정에서 깊이 탐독한 책의 저자는 16세기 말에서 17세기 초까지 활동한 영국의 성직자 겸 교회 지도자 랜슬럿 앤드루스(Lancelot Andrewes, 1555~1626)이다. 앤드루스는 윈체스터 주교로 국왕 제임스 1세가 배석한 1619년 '성회 수요일' 예배에서 『구약성서』「요엘서」 2장 12~13절, "여호와의 말씀에 너희는 이제라도 금식하며 울며 애통하고 마음을 다하여 내게로 돌아오라 하셨나니, 너희는 옷을 찢지 말고 마음을 찢고 너희 하나님 여호와께로 돌아올지어다"를 가지고 설교했다. 앤드루스는 이 성경 구절 중 '돌아옴(turn)'의 개념을 주제로 국왕을 포함해 회중들의 진정한 참회를 촉구했다. 개종 후 엘리엇이 처음 발표한 장시에 「성회 수요일」이라는 제목을 붙이면서 랜슬럿 앤드루스에게 경의를 표한 것이다. 개종 이전에 엘리엇이 쓴 장시들인 「황무지」와 「횅한 자들」이 모두 5장이었던 데 반해 「성회 수요일」은 6장으로 '나아가므로' 그리스도를 받아들인 새로운 경지를 시의 구성에서도 표현했다. 「성회 수요일」은 이전의 장시들과는 또 다른 새로운 음악성을 구현하고 있다. 이 시의 음악성은 한편으론 「횅한 자들」의 암울한 반복과도 통하며 「황무지」의 불규칙한 리듬이나 불협화음과 유사하지만 새로운 화성과 조성으로 나아간다. 따라서 이 시의 옮긴이는 엘리엇의 영어와는 그 속성과 규칙이 너무나 다른 한국어로 그의 섬세한 음악성을 표현해내야 하는 어려움에 직면할 수밖에 없다.

성회 수요일

1

왜냐면 다시 돌아서길 나 바라지 않기에[1]

왜냐면 나 바라지 않기에,

왜냐면 돌아서길 나 바라지 않기에

이 사람의 재주 저 사람의 안목 탐하며[2]

그런 것 얻으려 나 더는 분투치 않기에

(왜 나이 든 독수리 제 날개 펼치리?)

왜 나 애통하리

늘 군림하던 힘 사라졌다고?

---

1) 「성회 수요일」 1장은 원래 잡지에 발표할 때 제목이 "왜냐면 다시 돌아서길 바라지 않기에"였다. 이탈리아 말 그대로 따온 이 제목은 단테의 동시대 시인이자 친구였던 귀도 카발칸티Guido Cavalcanti가 쓴 칸초네의 제목 겸 첫 행이다("Perch'i' non spero di tornar giammai"). 연인과의 결별의 아픔을 노래한 카발칸티와 달리 엘리엇은 존재론적·종교적 결별과 전환을 노래한다. 핵심어는 "돌아선다"("turn," 이탈리아어 "tornare")이다. 따라서 이 말은 앞의 각주에서 소개한 앤드루스 주교의 설교와 성경 구절 「요엘서」 2장 12~13절과 통하고 『신약성서』에서 말하는 방향 전환('유턴')으로서의 '참회(metanoia)'를 의미한다.

2) 셰익스피어의 소네트 29번의 다음 대목을 인용하고 있다. "이 사람의 기교와 저 사람의 안목을 선망하며,/내가 제일 즐기는 것들에는 제일 덜 만족한다(Desiring this man's art, and that man's scope,/With what I most enjoy contented least)."

왜냐면 나 바라지 않기에 다시 알기를

긍정적 시간의 부실한 영광을

왜냐면 나 생각지 않기에

왜냐면 알기에 나 알지 못할 것임을

한 가지 진정한 찰나의 권력을

왜냐면 나 마실 수 없기에

그곳, 나무들 꽃피우고, 샘물 흐르는 거기서, 다시 아무것도 없기에

왜냐면 때는 늘 때임을 나 알기에

또 곳은 늘 곳일 뿐임을

또 실제 있는 그것은 한때만 실제임을

또 한 곳에서 그러할 뿐임을

일들이 그대로 그러함에 나 기뻐하고 또

저 축복받은 얼굴을 나 포기하네

또 그 목소리 포기하네3)

왜냐면 다시 돌아서길 나 바랄 수 없기에

그러므로 나 기뻐하네, 뭔가 지어내야 하기에

기뻐할 그 무엇을

---

3) "축복받은 얼굴(the blessed face)"과 "그 목소리(the voice)"는 이어지는 2장과 5장 등에서도 계속 등장하는 "베일 쓴 자매"의 얼굴과 목소리라고 볼 수 있다. 이는 단테의 「연옥」 30곡에 대한 암유이다. 천상의 베아트리체를 극중 단테가 만날 때 아직 그녀의 성화된 얼굴을 단테가 감당할 수 없기에 베아트리체는 "올리브 색 테를 두른 하얀 베일 (candido vel cinta d'uliva)"(31행)로 얼굴을 가리고 서 있다.

또 하느님께 기도하네 우릴 불쌍히 여기시길
또 기도하네 나 잊게 해주시길
나 자신과 너무 많이 논하는 이 논제들을
너무 많이 설명하는 그것들을
왜냐면 다시 돌아서길 나 바라지 않기에
이 말들로 값 치르길
벌인 일들에 대해, 다시 벌이지 않도록
판결이 우리에게 너무 무겁지 않기를

왜냐면 이 날개 더는 날개 아니라
그저 공기나 툭툭 칠 날갯죽지[4]이기에
이 공기는 지금 철저히 왜소하고 또 메말라
의지보다 더 왜소하고 더 메말라
가르치소서 우리 염려하도록 또 염려치 말도록
가르치소서 우리 잠잠히[5] 앉아 있도록.

빌어주소서 우리 죄인을 위해 이제와 임종 시에
빌어주소서 이제와 임종 시에.[6]

---

4) 원문은 "vans"이다. 잘 쓰이지 않는 시어를 엘리엇이 찾아내어 사용했다.
5) 원문은 이 시에서 자주 나오는 핵심어 "still"로, '잠잠히'와 '가만히'를 동시에 의미한다.
6) "빌어주소서……"는 성모 마리아에게 드리는 「성모송Hail Mary」을 인용하고 있다. 엘리엇이 귀의한 성공회, 특히 앵글로 가톨릭 교파에서는 성만찬이 끝난 후 성모 마리아에게 기도하는 경우가 있다. 번역은 한국 성공회 기도문의 공식 번역을 따랐다.

2

여인이시여, 흰 표범 세 마리 로뎀 나무 아래 앉았습니다[7]

서늘한 대낮, 실컷 배를 채운 채

내 두 다리와 염통 간 또 내 해골 움푹 파인 속 들어 있던

그것들로. 그러자 하느님 말씀하시길

이 뼈들이 능히 살겠느냐? 능히 살겠느냐[8]

이 뼈들이? 그러자 뼛속에 들어 있던

그것들이 (이미 뼈는 다 말랐지만) 지저귀듯 말하길,

이 여인의 선하심 덕에

---

7) "로뎀 나무"의 원문은 "juniper-tree"이니 정확한 번역은 아니나, 이 표현은 『구약성서』「열왕기상」19장 1~5절에 대한 암유이기에 한국어 성서 번역의 선례를 따랐다. 선지자 엘리야가 아합과 이세벨의 거짓 선지자들을 물리친 후에 공포감에 사로잡혀 도주하는, 정신적·영적 위기의 순간을 상징하는 '로뎀 나무' 또는 '로뎀 나무 아래'라는 표현은 한국 기독교에서 관용적으로 쓰는 표현이다. 최근 성서 번역에서는 이를 "싸리나무"(공동 번역, 『현대인의 성경』)로 옮기기도 한다. 이 행을 시작하는 "여인"은 "Lady"의 번역이다. 이 시에서 대문자로 시작하는 단어들은 고딕체로 표시했다. 불현듯 등장한 이 "여인"의 원형은 단테의 베아트리체로 보는 것이 시의 맥락과 통한다. 베아트리체는 지옥의 입구 앞에 쓰러져 있는 순례자 단테를 보고, 성모께 간청해 허락을 받은 후, 베르길리우스에게 내려가서, 눈물로 호소해 단테를 무사히 안내하여 지옥을 빠져나와 연옥으로 데리고 오도록 부탁한다. 엘리엇의 「성회 수요일」은 '연옥'을 통과하고 있는 과정의 묘사라고 볼 수 있다. '세 마리'의 숫자 셋은 삼위일체의 숫자이고 단테의 『신곡』을 관통하는 수이다. 『신곡』은, 「지옥」「연옥」「천국」세 부분으로 구성되어 있고, 각 부분의 본문은 33개 '칸토'로(「지옥」은 서곡 포함 34개 칸토), 각 칸토는 3행 단위의 '삼각운 (terza rima)'으로 구성되어 있다. 엘리엇의 「성회 수요일」의 6장 구성에는 삼위일체와 단테에 대한 경의가 담겨 있다. 이어지는 3장이 "세번째 계단"에서 끝나는 것도 같은 배경에서 설명된다.

8) 『구약성서』「에스겔서」37장 1~10절을 인용하고 있다. 하느님은 선지자 에스겔을 죽은 뼈들이 나뒹구는 골짜기로 데리고 가서 뼈들에게 예언하라고 한다. 에스겔이 그대로 따르자, 뼈들이 살아나 사람이 되어 큰 군대를 이룬다.

또 그분의 고우심 덕에, 또 그분이

동정녀 묵상하며 드높이신 덕분에,

우리 밝게 빛납니다. 또한 나 여기 아닌 체하지만

건네주네 망각에게 내 행위들을, 또 내 사랑을

사막의 후손들과 박 넝쿨 과실들에게.[9]

바로 이것이 되찾아주네

내 내장을 내 눈의 힘줄을 또 삭이지 못해

표범들이 내뱉은 부위들을. 그 **여인** 물러서네

하얀 가운 차림, 묵상하러, 하얀 가운 차림.

하얗게 변한 뼈들로 속죄하고 잊히길.[10]

그 속엔 생명 없어. 나 잊히고

또 잊히리니, 나도 잊기를

헌신하고 목표 몰두한 이대로. 그러자 하느님 말씀하시길

바람에게 예언하라, 오직 바람에게만 이는 오직

바람만이 들을 것이니. 그러자 뼈들 지저귀는 노래로

---

9) "박 넝쿨"은 『구약성서』 「요나서」 4장에 대한 언급이다. 선지자 요나는 본인은 원치 않았으나 (고래 배 속에 갇혀 며칠 혼난 후) 하느님의 명령대로 '큰 성읍 니느웨'에 가서 하느님의 경고를 전한다. 그곳 사람들이 의외로 요나의 말에 귀를 기울이고 회개까지 하자, 요나는 오히려 기분이 상해서 '다시스'에 초막을 짓고 혼자 머무는데, 그곳으로 찾아온 하느님이 박 넝쿨로 햇빛을 가려준 후 다시 벌레가 박 넝쿨을 갉아먹게 하자, 요나는 더위에 시달리며 하느님에게 짜증을 낸다. 이에 하느님은, 요나가 박 넝쿨을 아끼듯이 하느님은 니느웨의 숱한 사람들을 아낀다는 교훈을 가르친다. 이 시에서 "박 넝쿨 과실"은 벌레들이 먹어버려 아무것도 남지 않은 상태(「요나서」 4장 7절)를 가리킨다.

10) 「연옥」 30곡에서 하얀 베일로 얼굴을 가린 베아트리체는 단테가 가까이 다가오자 그를 심하게 꾸짖는다. 극중 단테는 참회의 눈물을 흘리며 한마디 변명도 하지 못한다. 그리고 「연옥」 31곡에서 '망각의 강 레테'에 몸을 담그며 건너가면서 죄로 얼룩진 '과거'를 잊고 새 사람이 된다.

메뚜기 울음 반주 삼아 말하길,[11]

묵언과 묵상의 **여인**이시여[12]

고요히 또 근심하는

찢기고 또 극히 온전하신

기억의 장미꽃

망각의 장미꽃

소진되며 또 생명 주며

걱정하며 평온하신

단 하나의 장미꽃[13]

그가 이제는 동산이시니[14]

거기서 모든 사랑들 끝나리

---

11) 이 시구는 창조주의 전능함을 상기시키는 「이사야서」 40장 21~22절의 내용을 상기시
킨다. "너희가 알지 못하였느냐 너희가 듣지 못하였느냐 태초부터 너희에게 전하지 아
니하였느냐 땅의 기초가 창조될 때부터 너희가 깨닫지 못하였느냐, 그는 땅 위 궁창에
앉으시나니 땅에 사는 사람들은 메뚜기 같으니라 그가 하늘을 차일같이 펴셨으며 거주
할 천막같이 치셨고."

12) 원문은 "Lady of silences"이다. 성모 마리아의 속성 중 하나인 복종의 침묵을 부각시
킨 표현으로 "Lady of Silence"란 칭호가 가톨릭교회에서 종종 쓰인다. 시인이 굳이 복
수형으로 "silences"라고 표현한 뜻을 가늠해보려 이와 같이 두 개의 단어로 옮겨보았
다.

13) 단테의 「천국」 및 『신곡』 전체의 클라이맥스인 30~33곡에서 극중 단테는 천국 최고의
지점인 엠피레오 천상계(il cielo Empireo)에 이르자, 성인과 거룩한 영혼들이 성모 마
리아를 중심으로 장대한 장미꽃 모양을 이루고 있는 광경을 본다. 이제 막 참회의 길로
돌아선 '성회 수요일'의 화자가 벌써 천상계의 종착점을 바라볼 수는 없으나, 그의 참
회를 대언하는 "뼈"들의 노래 속에는 '연옥'과 '천국'이 겹쳐 있다.

14) "동산"은 원문에서는 대문자로 "the Garden"이다. 에덴 동산을 가리키려는 의도이기
에, '동산'으로 옮겼다. 다만, 이 에덴은 「창세기」의 에덴이 아니라 단테 「연옥」의 마지
막 단계, 즉 30~33곡의 배경인 '지상 낙원'으로 보아야 할 것이다.

못 이룬 사랑의

고통 그치나

보다 더 큰 고통은

이루어진 사랑

끝 모를 여행의

끝없음의 끝

그 모든 마무리 못 할

일들의 마무리

말없는 말소리 또

말소리 없는 말

성모께 감사해

동산을 주셔서

거기서 모든 사랑 끝나니.

로뎀 나무 아래 뼈들 노래하네, 흩어진 채 반짝이며

우린 흩어진 게 다행, 피차 별 도움 된 적 없었으니,

나무 아래 서늘한 대낮, 모래의 축복 받아,

각자 자신을 또 서로를 잊으며, 하나 되어

사막의 고요함 속에.[15] 이곳이 너희가 제비 뽑아

나눌 땅이라.[16] 그러니 갈라짐과 하나 됨이 더는

---

15) "사막"은 「황무지」 5장과 「텅한 자들」 1, 3장을 다시 불러내지만, 이제는 "모래의 축복
받아" 구원에 이르는 길로 의미가 전환되었다.

16) 『구약성서』 「민수기」 26장 54~56절. 하느님이 모세에게 한 명령. 이스라엘 각 지파
가 가나안 땅에 들어가게 되면 각자 필요한 만큼 땅을 나눠 갖도록 하라는 말씀을 언급
하고 있다. 즉 "수가 많은 자에게는 기업을 많이 줄 것이요 수가 적은 자에게는 기업을

문제 아니리. 이곳이 그 땅. 우리의 기업을 받았나이다.[17]

적게 줄 것이니 그들이 계수된 수대로 각기 기업을 주되, 오직 그 땅을 제비 뽑아 나누어 그들의 조상 지파의 이름을 따라 얻게 할지니라. 그 다소를 막론하고 그들의 기업을 제비 뽑아 나눌지니라." 엘리엇의 시에서는 '젖과 꿀이 흐르는' 가나안 땅이 아니라 뼈들이 '사막'을 나눠 갖는다는 부정과 비움의 '연옥'적인 의미로 이 구절이 변해 있다.

17) "기업"의 원어는 "inheritance"이나, 이 시행이 「민수기」(18장 22절 등)를 이면에 깔고 있기에, 성서 번역의 선례를 따랐다. 사막을 상속받았다는 말은 『구약성서』의 맥락에 비춰볼 때 아직 약속의 땅에 들어가지 못한 채 '광야'에 머물러 있는 상태를 의미한다. 과도기적인 '연옥'의 상황에 적합한 설정이다.

3

두번째[18] 계단 첫번째 도는 데서
나 등 돌려 밑을 보니
똑같은 형체가 난간에 뒤틀려
쾨쾨한 공기 속 수증기 뒤덮여
희망과 절망의 속임수 얼굴 쓴
계단의 악마와 씨름하고 있었다.

두번째 계단 두번째 도는 데서
나는 가고 그것들은 뒤틀려 밑으로 돌았다.
거기에 더는 얼굴들 없었고 계단은 어두웠다,
축축하고, 들쭉날쭉, 중얼대는 늙은이 입처럼, 구제불능,
또는 나이 든 상어의 삐죽삐죽 이빨 달린 목구멍처럼.

세번째 계단 첫번째 도는 데서
길쭉한 창문 하나 무화과 열매처럼 배 불뚝 내밀고
또 꽃피운 산사나무 또 초원 풍경 저 너머로
등판 벌어진 형체 파랗고 푸른 옷차림으로
오월 봄날을 고풍스레 피리 불어 흘렸다.

---

18) 나선형 계단이 시사하는 바는 단테의 「연옥」에서 연옥을 구성하는 산의 각 단계를 돌
아 올라가는 여정이다. 또한, 『구약성서』「열왕기상」 6장 8절("나사 모양 사닥다리"),
「에스겔서」 43장 17절("그 층계는 동을 향하게") 등에 나오는 성전의 계단이기도 하
다.

밤색 머릿결이 곱구나, 입가로 날리는 밤색 머릿결,

라일락 색 밤색 머릿결.

나른함, 피리의 음악, 정신은 곡조 장단 발맞춰[19] 세번째 계단 위

로,

스러지며, 스러지며. 희망과 절망 넘어서는 힘

세번째 계단 힘겹게 오르며.

주여, 나 감당치 못하오니

주여, 나 감당치 못하오니

한 말씀만 하소서.[20]

---

19) "정신은 곡조 장단 발맞춰"는 "stops and steps of the mind"를 옮긴 것이다. 음악과
걸음걸이를 동시에 뜻하는 의미를 전달하고자 이렇게 옮겼다.

20) 『신약성서』「마태복음」 8장 8절(및 「누가복음」 7장 6절)을 부분 인용하고 있다. 로마
백부장은 자신이 아끼던 하인이 중병으로 괴로워하자 예수에게 고쳐달라 간청한다. 예
수의 치유 능력을 확고히 믿는 이 이방인은 "주여 내 집에 들어오심을 나는 감당치 못
하겠사오니 다만 말씀으로만 하옵소서. 그러면 내 하인이 낫겠사옵나이다"라고 고백
한다. 이 성서 구절은 영국 성공회 성찬 예식에서 성례에 참여하는 신도들이 읽는 공
동 기도문이다. 시인 엘리엇은 이 대목에서 자신의 시 세계에서 처음으로 예수 그리스
도를 "주"로 고백하며 그의 치유와 구원을 바라는 고백을 한다. 아울러 시 속의 화자는
그리스도의 살과 피를 먹고 마시는 예식에 참여하기 직전에 와 있다.

4

걸어간 이 누군가[21] 보라 꽃과 보라 꽃[22] 사이

걸어간 이 누군가

각종 초록의 각양각색 등급 사이

흰색과 파란색으로 가는 이, 마리아의 색으로

사소한 일들 이야기하며

영원한 고난에[23] 무지하며 또 인지하며

걸어간 이 누군가 다른 이들 걸어가는 사이,

누군가 그래서 분수 튼튼케 또 샘물 새롭게 하신 이가

메마른 반석 시원하게 또 모래 든든케 한 이가

---

21) 이 연 전체에 깔린 성서 텍스트는 「누가복음」 24장 13~34절, '엠마오로 가는 두 제자' 이야기이다. 예수의 수난과 부활 이야기를 믿지 못하는 이 두 제자에게 부활한 예수가 나타나서 둘 사이 대화에 끼어 같이 동행하고 식사도 같이 하며 예수의 사역과 부활의 의미를 다시 '복습'시킨다. 이들은 예수가 떠난 후에야 그가 누구였는지 깨닫고 즉시 발길을 돌려 예루살렘으로 돌아가 부활한 예수를 만났음을 증언한다. 「성회 수요일」 1장의 '돌아서기'로서 '참회'의 의미를 보강하는 암유이기도 하다.

22) "보라 꽃"의 원문은 "violet"이다. '제비꽃'으로 번역되는 이 보라색 꽃은 그리스 신화에서는 순결함을 상징했는데, 기독교 시대에는 동정녀 마리아의 겸손함을 상징하는 꽃이 되었다.

23) "고난"으로 옮긴 "dolour"는 'via dolorosa,' 즉 예수가 십자가를 지고 골고다로 올라가는 길을 뜻하며, "영원한 고난", 즉 "eternal dolour"는 두 행 앞의 "마리아의 색(Mary's colour)"과 각운을 이룬다. 이로써 십자가 곁에서 아들의 고난을 지켜보는 성모의 고난을 노래한 중세 라틴어 시 「스타밧 마테르」의 첫 행, "Stabat mater dolorosa"를 불러오고 있다. 「스타밧 마테르」의 근거가 되는 성서 본문은 「요한복음」 19장 25~27절이다. 예수는 자신의 어머니 마리아가 십자가 곁에 서 있는 것을 보고 제자 요한에게 어머니를 맡아달라고 부탁한다.

파스텔블루,[24] 마리아의 색으로,
소벤냐 보스[25]

여기 그사이 걸어간 세월들 있어, 저쪽에
피들과 피리 치워버리고, 다시 제자리에
잠과 깸 사이 시간에 다니는 그이를 놓고, 둘러

입은 흰 빛, 그녀 둘레 감싸듯, 둘러 입고.
새 세월들 걸어가네, 다시 제자리에
밝은 눈물 구름 속으로, 세월들을, 다시
새 운문으로 옛 각운을 제자리에 놓으며. 다시
때를 되찾으라. 되찾으라 다시[26]
더 높은 꿈속 읽지 않은 비전을

---

24) 원문은 "larkspur"이다. 파스텔블루 색의 꽃 이름이다.
25) Sovegna vos: 단테의 「연옥」 26곡 147행을 부분 인용했다. 정화의 불 속에서 육욕
의 습성을 씻어내고 있는 프로방스의 시인 아르노 다니엘Arnaut Daniel이 불 속에
서 순례자 단테에게 자신의 모국어인 프로방스 말로, "sovegna vos a temps de ma
dolor"("당신은 기억해주세요 때가 될 때 내 고난을")라고 당부한다. 엘리엇은 「황
무지」 5장 427행에서 다니엘의 이 당부에 이어지는, 「연옥」 26곡 마지막 행, "Poi
s'ascose nel foco che li affina"("그리고 그는 그를 정화하는 불 속으로 숨어들었다")
를 원문 그대로 삽입한 바 있다. 이렇듯 「황무지」는 불을 통한 정화의 가능성을 열어두
는 단계에 머물렀으나, 「성회 수요일」에서는 한 행 뒤로 돌아가서 다니엘 본인의 목소
리를 불러냈고, 아울러 시행의 뒷부분 "때가 될 때 내 고난을"을 생략함으로써, 이미
고난에서 반쯤은 벗어난 경지를 보여준다.
26) 원문은 "Redeem/the Time"으로 『신약성서』 「에베소서」 5장 16절의 흠정역(King
James Version)을 그대로 인용하고 있다. 우리말 성서 번역이나 현대 영어 성서는 이
"redeem"의 희랍어 원어인 "exagorazo"를 '아끼라, 잘 활용하라'로 옮겼다. 그러나
엘리엇은 흠정역의 번역어가 갖고 있는 복합적인 의미를 선호하기에 '저당물을 되찾는
다'는 뜻의 "redeem"을 그 뜻 그대로 사용했다.

보석 단 유니콘들 금박 입힌 영구차 끌고 갈 동안.[27]

잠잠한 자매는 흰색과 파란색 베일 쓰고[28]
주목나무 사이, 정원의 신 뒤에서,[29]
그의 피리 소리 숨 쉴 틈 없으나, 여인은 고개 숙여 표시하나 말은
없었고

하지만 분수는 치솟았고 새의 지저귐은 밑으로 뚝뚝
때를 되찾으라, 꿈을 되찾으라
말의 징표를, 듣지 않은, 말하지 않은

바람이 주목나무 흔들어 천 개의 속삭임 흩날릴 때까지

또 그 후엔 우리 이 망명길

---

27) 난해한 이미지이나, "유니콘"은 중세 기독교에서 동정녀 마리아와 연관시킨 동물이니,
   이들이 겉만 화려하나("금박 입힌") 안에는 시체가 있는 영구차를 끌고 회개하기 이전
   '옛사람'을 매장하러 간다는 의미로 풀어볼 수 있다.
28) 단테의 「연옥」 30곡, 23쪽 각주 10) 참조.
29) 주목(Yew)은 켈트 신화에서 초월과 재탄생을 의미한다.

5

설사 잃은 말을 잃었다 해도, 설사 써버린 말을 써버렸다 해도,
설사 듣지 않은, 말하지 않은
말씀 말하지[30] 않고, 듣지 않았다 해도——[31]
그래도 말하지 않은 말, 듣지 않은 그 말씀은
말 한마디 없는 말씀이요, 이 세상 속
또 이 세상 위한 말씀——
또 빛이 어둠에 비치었고 또
말씀에 맞서 웅성웅성 세상은 그래도 맴도나[32]
그 중심축은 침묵의 말씀.

   아 내 백성아 내가 무엇을 네게 행하였기에.[33]

   어디에서 찾을까 그 말을, 어디에서 말

---

30) 이 대목에서 엘리엇은 "word"와 대문자 "Word"(말씀, logos)의 대조와 반복을 통해 기묘한 음악을 만들어내고 있다. 대문자 "Word"는 시인 엘리엇에게는 특히 중요한 예수 그리스도의 '이름'이다. 엘리엇은 5장을 시작하며 다음과 같은 『신약성서』 「요한복음」 시작 부분과 대화한다. "태초에 말씀이 계시니라. 이 말씀이 하나님과 함께 계셨으니 이 말씀은 곧 하나님이시니라. 그가 태초에 하나님과 함께 계셨고 만물이 그로 말미암아 지은 바 되었으니 지은 것이 하나도 그가 없이는 된 것이 없느니라. 그 안에 생명이 있었으니 이 생명은 사람들의 빛이라. 빛이 어둠에 비취되 어둠이 깨닫지 못하더라"(1장 1~5절).

31) 원문에는 세미콜론(;)이 쓰였으나 우리말 문법에선 세미콜론을 사용하지 않기에 그 효과를 줄표(-)로 전달하고자 했다.

32) 다음과 같은 원문의 언어 유희를 리듬감 있는 우리말로 표현해보고자 이렇게 옮겼다. "Against the Word the unstilled world still whirled."

33) 『구약성서』 「미가서」 6장 3절을 인용하고 있다.

울려 퍼질까? 여기는 아니리, 침묵이 부족하니
바다도 아니리 섬들도 아니리, 또한
육지도, 사막도 비 젖는 땅도 아니리,
어둠에 행하는 저들에겐[34]
낮 시간도 밤 시간도
옳은 때와 옳은 터 거기 있지 않으리
은총의 터 아니리 그 얼굴 거부하는 자들에겐
기뻐할 때 아니리 소음에 행하며 그 목소리 부인하는 자들에겐

혹시 저 베일 쓴 자매가 기도해줄까[35]
어둠에 행하는 자들, 당신을 택하고 또 당신을 대적한 자들,
계절과 계절 사이, 때와 때, 시간과 시간 사이,
말과 말, 세력과 세력 사이 뿔에 찢긴 자들, 어둠 속
기다리는 저들을 위해? 혹시 저 베일 쓴 자매 기도해줄까
출입문에 머무는 저 아이들
쫓아도 가지 않고 또 기도 못 할 저들 위해,
택하고 대적한 자들을 위해 기도해

　　　아 내 백성아 내가 무엇을 네게 행하였기에.

---

34) 『구약성서』 「이사야서」 9장 2절. 메시야의 구원을 예언하는 "흑암에 행하던 백성이 큰
　　빛을 보고 사망의 그늘진 땅에 거하던 자에게 빛이 비치도다"의 일부를 따왔다.
35) "베일 쓴 자매"는 23쪽 각주 10) 참조.

혹시 저 홀쭉한 주목나무 사이에서[36]
베일 쓴 자매가 기도해줄까 자기를 모욕한 자들
또 겁에 질려도 굴복 못 하는 자들 위해
또 이 세상 앞에서 시인하며 반석 사이에서 부인하는
마지막 파란 반석 사이 저 마지막 사막에서
정원 속 사막 저 사막 속 정원에서
가문 그곳, 말라죽은 사과 씨 입에서 퉤 뱉으며.[37]

아 내 백성아

---

36) "주목나무"의 의미는 31쪽 각주 29) 참조.
37) "사과 씨"는 이브가 먼저 먹고 아담에게 건네줘서 먹게 한 선악과를 가리킨다.

6

비록 나 다시 돌아서길 바라지 않으나
비록 나 바라지 않으나
비록 나 돌아서길 바라지 않으나

이득과 손실 사이 머뭇거리며
꿈들 겹쳐진 이 짧은 환승 정거장에서
태어남과 죽음 사이 꿈 겹친[38] 황혼
(신부님 저를 축복하소서[39]) 비록 나 이런 것들 원하길 원치 않으
나
화강암 해안으로[40] 열린 널찍한 창문으로
하얀 돛 잔잔히 바다로 날아가, 바다로 날아가
멀쩡한 날개들로

또 잃은 가슴 뻣뻣해 또 기뻐해
잃은 라일락과 잃은 바다 음성으로
또 약한 정신은 생기 돋아 봉기해

---

38) 원문의 "dreamcrossed"라는 엘리엇이 만들어낸 합성어를 이렇게 옮겨보았다.
39) 갑자기 "신부님(father)"을 불러낸 이 부분은 '성회 수요일' 예식에 따라, 사제가 신도
    의 이마에 재로 십자가를 그려주는 장면을 극화한다.
40) "화강암 해안"은 엘리엇이 어린 시절 부모와 함께 여름철을 보냈던 매사추세츠 케이프
    앤Cape Ann, Massachusetts을 염두에 둔 표현이자, 어린 시절로 되돌아가 새롭게 '다
    시 태어나는' 부활과 소생의 이미지를 만들어내는 설정이다.

고개 숙인 금빛 들꽃과[41] 잃은 바다 냄새 위해
생기 돋아 다시 찾아
메추라기 울음소리와 맴도는 물떼새를
또 눈먼 눈은 지어내
상아 대문 사이 텅 빈 형태들을
또 냄새는 되살려 모래땅 소금 맛을[42]

지금은 긴장할 때 죽음과 태어남 사이
파란 반석 사이 세 꿈이 겹쳐진
고독한 곳

하지만 주목나무 흔들어 낸 목소리들 흘러 떠나면
또 다른 주목나무 흔들어 응답케 하라.

복 받은 자매님, 거룩한 어머님, 분수의 정령, 동산의 정령이여,
우리 자신을 허위로 조롱케 놔두지 마소서
가르치소서 우리 염려하도록 또 염려치 말도록
가르치소서 우리 잠잠히 앉아 있도록
바로 이 반석들 가운데에서도,
우리의 화평은 그분의 의지에

---

41) "금빛 들꽃"의 원문은 "golden-rod"로, 북미에서 흔히 볼 수 있는 노란색 토종 봄 들
꽃이다.

42) 이 시행의 원문은 "smell renews the salt savour of the sandy earth"로, 's' 두운을
무려 네 번이나 배치해놓았다. 번역에서는 이 효과를 미미하게나마 초성과 종성 'ㅁ'에
담아보았다.

또 바로 이 반석들 가운데에서도
자매님, 어머님
또 강물의 정령, 바다의 정령이여,
내가 떨어져 나감을 허락지 마소서

또 나의 부르짖음이 당신께 이르게 하소서.[43]

---

43) 『구약성서』 「시편」 102편 1절의 뒷부분을 인용하고 있으나, "당신"은 성서에서는
"주," 즉 "여호와"이나, 여기에서는 구문상 성모 마리아다. 아직 '연옥'에서 부활과 갱
생을 희구하는 것이 이 시의 상황인 까닭이다.

「반석」중 코러스*

* 엘리엇은 본격적으로 성공회 지식인으로 활동하기 시작한 1930년대에 런던 교회 건물
들의 재건축 기금 마련을 위한 가장극(pageant play) 「반석The Rock」에 (그리스 비극
의 합창단 대사들에 해당하는) '코러스chorus'를 써주었다. 이 연극의 음악은 마틴 쇼
Martin Shaw가 작곡했고, 1934년 런던의 새들러스 웰스Sadler's Wells 극장에서 초연
되었다. 1934년에는 엘리엇이 지은 코러스를 포함한 연극 대본이 단행본으로 출간되기
도 했다. 엘리엇의 코러스에서는 1930년대 대공황의 분위기를 반영해 경제 문제들, 특히
'일'과 '일 없음'이 주요 주제 중 하나로 다뤄졌다. 이 작품은 교훈적인 시로서 시어는 비
교적 쉬운 편이나 「사중주 네 편Four Quartets」의 철학적 사색의 시적 어법을 예견하고
있고, 내용에서는 기독교 지식인 엘리엇의 근대 문명 비판 저서들인 『기독교적 사회라는
개념The Idea of a Christian Society』(1939), 『문화의 의미를 탐색하며Notes Towards
the Definition of Culture』(1948)의 주요 논제들을 시적으로 표현하고 있다.

「반석」 중 코러스

1

독수리[1] 하늘 꼭대기로 날아오르고
사냥꾼[2] 개들 끌고 제 갈길 달려간다.
아 한없이 돌고 또 도는 설정된 별들이여,
아 한없이 오고 또 오는 확정된 계절이여,
아 봄과 가을, 태어남과 죽음의 세계여!
구상과 실행의 끝없는 순환,
끝없는 발명, 끝없는 실험은
운동에 대한 지식을 가져오지만, 잠잠함은 알지 못해,
말들에 대한 지식, 또 **말씀**[3]에 대한 무지.
우리의 온갖 지식은 우리를 무지로 더 가까이 이끌고,
우리의 온갖 무지는 죽음으로 더 가까이 이끄나,
죽음에만 더 가까이 **하느님**께 가까이가 아니라.
어디 있나 우리가 살아가며 상실한 **생명**은?

---

1) 독수리좌(Aquila)는 북쪽 하늘의 별자리이고, 예수 그리스도 부활의 상징이기도 하다.
2) 오리온좌(Orion)를 가리킨다.
3) 이 시에서 고유명사가 아닌 일반명사가 대문자로 표기된 경우 고딕체로 표시했다.

어디 있나 우리가 알아가며 상실한 지혜는?
어디 있나 정보 속에서 우리가 상실한 앎은?
하늘의 순환이 스무 세기 동안 우리를 이끄네
하느님에게서 더 멀리 **티끌**[4]에겐 더 가까이.

나는 런던으로, 시간 재는[5] 시티로 여행했다,
템스 강 흐르는, 외국 주식 띄워 파는 그곳.[6]
거기서 내가 들은 말은, 우리 동넨 교회당이 너무 많아,
스테이크 레스토랑은 너무 부족하고. 거기서 내가 들은 말은,
교구목사들 다 그만두라고 해. 무슨 **교회**[7]가 필요해
사람들 일하는 곳인데, 일요일 보내는 데라면 몰라.
시티에서, 무슨 종을 쳐,
외곽 주택가에서나 잠 깨우라고 해.
내가 외곽 주택가로 가 보니, 거기서 들은 말은,
우린 육 일간 죽어라 일하니, 일곱번째 날에는 드라이브

---

4) "티끌"은 『구약성서』 「창세기」 3장 14절, 뱀에게 내린 하느님의 저주 "배로 다니고 종신 토록 흙을 먹을지니라"와 아담에게 내린 징벌인 19절, "네가 얼굴에 땀이 흘러야 식물 을 먹고 필경 흙으로 돌아가리니"를 언급하고 있다.

5) "시간 재는"의 원문은 "timekept"이다. '시간이 돈'인 금융자본의 중심지 런던 시티의 특징을 규정하는 표현이다. 「황무지」 1장의 "세인트메리울노스까지, 시간 재는(keeping the hours) 종소리"와 비교할 수 있다.

6) 이 시행의 원문은 "the River flows, with foreign flotations"로 여기서 "flotations"는, 강의 흐름과 주식 상장이라는 두 가지 뜻으로 쓰였다.

7) 원문에서 대문자 "the Church"는 영국 사회의 정신적 중심축인 성공회(the Church of England), 또는 그러한 공적 교회의 이상을 가리킨다.

가야 해 하인드헤드나 메이든헤드로.[8]

만약 날씨 고약하면 집에서 신문이나 읽든지.

산업 지대로 가 보니, 거기서 들은 말은

경제 법칙들.

쾌적한 전원 시골, 그곳은 보아하니

이제 피크닉이나 할까 달리 쓸모없겠더라.

또 보아하니 **교회**는 아무도 원치 않더라,

시골이건 주택가건, 또 읍내이건

그저 중요한 결혼식 때나 필요할까.

코러스 대장

조용! 또 한 발짝 떨어져 공손히 있으라.

내가 보니 다가오신다

반석이. 그가 혹시 우리의 의문들에 답을 줄지 모르니.

반석. 감시자. 낯선 이.

그는 이제껏 벌어진 일 보아왔고

또 벌어질 일 보고 있는 이.

증언자. 비판자. 낯선 이.

하느님께 뒤흔들려, 하늘의 진리 그 속에 품고 있는 이.

(**반석** 입장하다, 한 **소년**에게 이끌려)

---

8) 하인드헤드Hindhead는 런던 남부 서리의 전원 마을 지역, 메이든헤드Maidenhead는
버크셔 주 템스 강변의 주택가이다.

반석

사람의 몫은 끊임없는 노동,

또는 끊임없는 실직이니, 이게 더 힘겹구나,

또는 일용직 노동, 이건 즐겁지 않구나.

나 홀로 포도즙 틀을 밟아봤기에,[9] 나는 아노라

참으로 쓸모 있기란 어렵다는 걸, 사람들이

행복이라 손꼽는 것들 내려놓고, 이름 없이

선한 행위 찾아 행하며, 한결같이

차분히 받아들이며, 불명예를 야기하건,

모두에게 박수 받건, 그 누구의 사랑 받지 못하건.

모든 인간들은 기꺼이 자기 돈 투자할 것이나

그러나 대부분은 배당금을 기대한다.

나 그대들에게 말하노라, *너희 뜻을 온전케 하라.*[10]

나 말하노라, 추수를 염두에 두지 말고

오직 올바른 파종에 유념하라.

세상은 돌고 세상은 변하나,

---

9) 심판의 예언을 담은 이미지이다. 『구약성서』「이사야서」 63장 3~4절, "만민 중에 나와 함께한 자가 없이 내가 홀로 포도즙을 밟았는데 내가 노함을 인하여 무리를 밟았고 분함을 인하여 짓밟았으므로 그들의 선혈이 내 옷에 튀어 내 의복을 다 더럽혔음이니, 이는 내 원수 갚는 날이 내 마음에 있고 내 구속할 해가 왔으나." 및 『신약성서』「요한계시록」 19장 15절, "그의 입에서 예리한 검이 나오니 그것으로 만국을 치겠고 친히 저희를 철장으로 다스리며 또 친히 하나님 곧 전능하신 이의 맹렬한 진노의 포도주 틀을 밟겠고" 참조.

10) 인용된 부분의 출처는 『신약성서』「히브리서」 13장 21절, "모든 선한 일에 너희를 온전케 하사 자기 뜻을 행하게 하시고"이다.

44

하지만 한 가지 변치 않는다.

내가 살아온 세월 내내, 한 가지 변치 않는다.

아무리 숨기려 한들, 이것만은 변치 않는다.

지속적으로 전개되는 **선**과 **악**의 투쟁만은.

이를 잊고, 그대들은 제단과 교회들을 무시하며,

이 시대의 풍조 좇아 조롱한다

선을 이룬 지난 일들을, 그대들은 설명해낸다

이성적 계몽주의 정신 만족시키려.

둘째로, 그대들은 저 사막을 무시하고 경시한다.

저 사막은 남쪽 열대 지방 멀리 있지 않아,

사막은 바로 골목 돌면 있는 것만도 아니야,

사막은 지하철 속 네 곁에 비집고 들어와 있어,

사막은 네 형제의 가슴속에 들어와 있어.

선한 사람이란 짓는 자, 그가 선한 것 짓는다면.

나는 그대들에게 지금 행해지는 바들 보여주리라,

또 아주 오래전에 행해진 일들도,

그대들이 용기 내도록. 너희 뜻을 온전케 하라.

미천한 자들의 일을 너희에게 보여주리라. 들으라.

(조명이 흐려진다. 반쯤 어두운 가운데 **일꾼**들의 제창 소리가 들린다.)

비어 있는 터전마다

우린 새 벽돌로 지으리라

일손과 기계 여기 있으니
또 새 벽돌 만들 진흙과
또 새 모르타르 만들 석회도
벽돌들이 무너진 곳에는
우리 새 돌로 지으리라
대들보 썩은 곳에는
새 목재로 지으리라
말을 말하지 않는 곳에선
새로 말하며 지으리라
여기 함께 할 일감 있으니
모두 위한 **교회**를
각자에게 일거리를
사람마다 자기 일을.

(이제 한 무리의 **일꾼**들이 희미한 하늘을 배경으로 실루엣을 만든다. 더 먼 지점에서 이들에게 **실직자**들의 목소리가 대답한다.)

아무도 우리를 고용하지 않았어
두 손은 호주머니에
또 고개는 떨군 채
우리는 공터나 서성거리고
또 불 꺼진 방에서 부르르 떨어
오직 바람만 움직여
황량한 벌판 위로, 밭을 갈지 않고

쟁기가 멈춰 쉬며 밭고랑과

각을 세운 그곳. 이 땅에선

남자 둘당 담배 한 개비씩,

여자 둘당 반 파인트[11]

맥주 한 잔씩. 이 땅에선

아무도 우리를 고용하지 않았어.

우리의 삶을 반기지 않아, 우리의 죽음은

『타임스』 신문에 나오지 않아.

(다시 **일꾼**들의 제창 소리)

강물 흐르고 계절 바뀌니

참새와 파랑새[12] 시간을 아낀다네.

사람들이 짓지 않으면

어떻게 살겠나?

밭을 갈고 나면

또 밀이 빵이 되면

사람들이 짧아진 침대와 비좁은 시트에서

죽지 않으리. 이 길거리에

있는 것은 시작도, 동작도, 평화도 끝도 아닌,

오직 말뜻 없는 소음, 맛 없는 음식.

---

11) 영국 선술집에서 파는 가장 작은 (따라서 제일 싼) 단위의 생맥주이다.
12) "파랑새"의 원문은 "starling" 곧 '찌르레기'이나 찌르레기 중 털이 파란색인 종이 있기
에 운을 맞추기 위해 '파랑새'로 옮겼다.

꾸물대지 않고, 허둥대지 않고
우리 이 거리의 시작과 끝을 지으리라.
우리는 말뜻을 지으니,
모두 위한 **교회**를
각자에게 일거리를
사람마다 자기 일을.

2

이렇듯 그대들의 아비들은

성인들과 동료 시민이 되었네, **하느님**의 집 한 식구, 그 집의 토대
는

사도들과 선지자들. **그리스도 예수** 바로 그가 중심 주춧돌.[13]

하지만 그대들, 제대로들 지었나, 지금 맥없이 주저앉아 있으니 다
망한 집에?

거기서 많은 이들 태어나 빈둥대고, 인생 허비하다 남루하게 죽으
니, 꿀 없는 벌집의 뒤틀린 경멸.

또 짓고 재건코자 하는 이들은 손바닥 내밀거나 헛되이 낯선 나라
에 기대어 구제금 늘리고 곳간 채워주길 바라니.

그대들이 지은 집은 틀이 잘 맞지 않아, 그대들 수치심에 젖어 앉
아서 고민하길 과연 할 수 있을까 어떻게 함께 지어져 영(靈)이신 **하느님**
의 거처가 될까, 거북 등에 세운 전등처럼 수면에 운행하신 그 영의.

또 누구는 말하기를, "어떻게 우리의 이웃을 사랑해?"[14] 사랑은 행
위로 실현돼야 하니, 욕망이 욕망 대상과 하나 되듯. 우린 줄 게 우리의
노동밖에 없는데 우리의 노동은 원치들 않아.

우린 구석[15]에서 기다려, 우리가 갖다줄 건 할 줄 아는 노래밖에
없지만 그 노랜 아무도 듣고 싶어 하지 않아.

---

13) 『신약성서』「에베소서」 2장 20절을 인용하고 있다. 『구약성서』「이사야서」 28장 16절,
    "보라 내가 한 돌을 시온에 두어 기초를 삼았노니 곧 시험한 돌이요 귀하고 견고한 기
    초 돌이라"도 참조.
14) 『신약성서』「마태복음」 22장 39절 등에 나오는 예수 그리스도의 핵심적인 가르침이다.
15) 원문의 "corner"는 '주춧돌'로 옮긴 "cornerstone"과 대조된다.

「반석」 중 코러스 49

그저 막판에 똥보다도 더 쓸데없는 더미 위에 던져질 것만 기다릴
뿐."

그대들, 잘 지었는가, 주춧돌을 잊었는가?

인간 간의 바른 관계는 말하지만, 인간과 **하느님**의 관계는 말하지
않으니.

"우리 시민권은 **하늘**에 있어,"[16] 맞아, 하지만 그건 이 땅 위 그대
들 시민권의 모범이자 전형.

그대들 아비들은 **하느님**의 거처 확정하자,

또 모든 거북한 성인들, 사도들, 순교자들,

무슨 동물원[17]에 배치하듯 정리하자,

이제 능히 착수한 건 제국 팽창

동반자는 산업 발전.

수출품은 철, 석탄, 면제품,

또 지성적 계몽주의

또 온갖 것들 모조리, 자본도 포함해서

또 **하느님** 말씀의 몇 가지 판본도.[18]

영국 인종은 사명감 확신하며

수행했으나, 집안의 많은 일들 확정치 못했네.

---

16) 『신약성서』「빌립보서」3장 20절을 인용하고 있다.

17) "무슨 동물원"의 원문은 "Whipsnade"로 영국 베드포드셔에 있는 영국에서 가장 큰
동물원이다. 엘리엇은 성공회로 개종한 시인이지만, 정치적인 색채가 강하고 신학적으
로 불명료했던 16세기 영국의 종교개혁을 넌지시 비판하고 있다.

18) 영국의 종교개혁 이후에 나온 영어 성서 번역본들을 가리킨다. 『흠정역 성서』외에도,
청교도들이 주도한 『제네바 성경 *Geneva Bible*』도 뛰어난 번역이었다.

과거에 행해진 모든 일의 과실을 그대들은 먹는다네, 상했건 익었건,

또 **교회**는 영원히 짓는 중이어야, 늘 무너지고 또 늘 다시 고쳐 지어야 하네.

과거 모든 악한 행위의 결과를 우리는 감내해야 하네,

태만, 탐욕, 식욕, **하느님** 말씀 무시,

교만, 색욕, 기만, 온갖 죄악 행위의.

또 선하게 행한 모든 일들, 그 유산은 그대들 몫.

선한 행위와 악한 행위는 사람에게만 속하는 것이기에, 죽음 이편에 홀로 서 있을 동안에,

그러나 여기 이 세상에서 그대들은 앞서간 이들의 선한 일과 악한 일의 보상을 받는다.

또 모든 잘못은 그대들이 고칠 수 있으리라 겸허히 회개하며 함께 나아가면, 아비들의 죄를 갚으며,

또 모든 잘한 일들은 지키려 싸워야 하리라, 그것 얻으려 싸웠던 아비들만큼 가슴 깊이 헌신하며.

교회는 영원히 짓는 중이어야 하리라, 영원히 안에서 무너지고 또 밖에서 공격받으니.

이것이 곧 삶의 법칙이라네. 또 그대들 기억할 것은 이것, 아직 번영할 때에는

사람들 **성전**을 외면하고, 역경의 때에는 성전을 매도할 것임을.

그대들 무슨 삶이 있나 삶을 함께하지 않으면?

공동체 안이 아니면 삶은 없으니.

또 **하느님** 찬미하는 삶 없이는 공동체란 없으니.

혼자 명상하는 광야의 수도자도

낮과 밤 그저 **하느님** 찬미만 반복할 뿐임에도

그리스도의 **몸** 된 **교회** 위해 기도한다네.

그런데 지금 그대들은 계획도로[19] 곁에 나란히 흩어져 살잖아.

그리고 아무도 자기 이웃 누군지 알지도 개의치도 않잖아

이웃이 너무 심하게 소란 피우지 않는 한,

그러나 모두 자동차 타고 쏜살같이 왔다 갔다,

길들하곤 친숙하지만 아무 데도 정착하지 못해.

심지어 가족도 함께 다니지 않아.

그러나 아들마다 오토바이 하나씩 원하고,

또 딸들은 그 뒷자리에 태연히 걸터앉아 다니고.

버릴 것 많고, 지을 것 많고, 고칠 것 많으니,

지체 없이 일하세, 시간과 팔뚝 낭비치 마세.

채취장에서 찰흙 캐고 톱으로 바위 가르세.

대장간 불 안 꺼지게 지펴두세.

---

19) 원문은 "ribbon roads"이다. 1920~30년대에 유행한, 주택들을 긴 도로 곁에 나란히 짓는 부동산 개발 방식을 가리킨다.

3

주님[20]의 말씀 내게 임하여, 이르시길,

아 계획하는 자들의 비참한 도시여

아 계몽주의 신봉자들의 처참한 세대여

너희의 재간에 배반당해 미로로 말려들며,

너희 발명으로 챙긴 이득에 팔려가는구나.

나는 네게 손을 주었으나 그 손으로 경배치 않고,

나는 네게 말을 주었더니, 끝없는 수다나 떠들고,

나는 네게 내 **율법** 주었으나, 너는 위원회나 만들고,

나는 네게 입술을 주었더니, 친근한 호의나 표현할 뿐이고,

나는 네게 가슴을 주었더니, 상호 불신만 거기에 담았다.

나는 네게 선택할 힘 주었으나, 너는 오락가락만 하는구나

헛된 투기와 경솔한 행동 사이에서.

많은 자들이 책을 쓰고 인쇄하는 데 관여하고,

많은 자들이 제 이름 표지에 찍힌 걸 보기 원하고,

많은 자들은 그저 경마 뉴스밖엔 읽지를 않는구나.

많은 독서를 너는 하지만, **하느님**[21] **말씀** 읽지 않으며

많은 건물 지어놨지만, **하느님의 집** 짓지 않는구나.

너는 나를 위해 석고로 집 지어 양철 지붕 얹고

---

20) 원문에서는 모두 대문자 "LORD"로 표기되었다. 『흠정역 성서』 구약 부분에서 '여호와/야훼'를 이렇게 표기한다.

21) 원문에서 "하느님"도 모두 대문자로 "GOD"로 표기하므로, 다른 신이 아닌 기독교의 하느님임을 분명히 한다.

그 안에 일요일판 신문 폐지나 넣어둘 참이냐?

첫번째 남성 목소리

이것은 동편에서 외치는 **소리**니라.

연기 뿜는 배들 가득한 해안을 어찌할 작정이냐?

너는 내 백성을 잊기 잘하고 또 잊힌 채

빈둥대다, 노동하다, 인사불성 정신 잃게 방치할 것이냐?

그곳에 남을 것은 무너진 굴뚝,

껍질 벗겨진 선체, 수북 쌓인 녹슨 철제,

길거리에 벽돌 나뒹굴고 염소 오르내리는 그곳,

나의 말을 말하지 않는 그곳에는.

두번째 남성 목소리

북편에서, 서편에서, 남편에서 시간 재는 **도시**로

매일 수천 명 여행하는 곳에서 외치는 **소리**니라.

나의 말을 말하지 않는 그곳에는,

로벨리아 꽃과 테니스 플란넬 바지의 땅에는

토끼가 굴을 파고 가시나무 다시 찾아올 것이며,

자갈 포장 안뜰에는 쐐기풀 번성할 것이며,

또 바람은 말하리라. "여기서 종교 없이 살던 멀쩡한 사람들,

그들이 남긴 유일한 기념물은 아스팔트 포장도로

또 잃어버린 골프공 천여 개."

코러스

우리가 지어봤자 헛일 **주님** 우리 함께 짓지 않으면.[22]

네가 **도시**를 지킬 수 있느냐 **주님** 함께 지켜주지 않는데?

천 명 경찰이 교통을 안내한들

네가 왜 왔는지 또는 어디로 가는지 알려줄 수 없으니.

한 떼의 두더지나 한 무리 다람쥐도

주님 없이 짓는 자들보다 더 잘 지으리.

끊임없이 무너지는 곳으로 우리의 발을 들일 것인가?[23]

내가 **주님** 계신 **집**의 아름다움과 **주님** 성소의 평화를 사랑하오며[24]

내가 바닥 먼지를 쓸고 제단을 꾸몄나이다.

성전이 없는 곳에 살 집도 있을 수 없으니,

비록 너희에게 대피소와 수용 시설이 있다 한들,

집세를 낼 동안만 잘 수 있는 위태위태한 방들,

생쥐 득실거리고 내려앉는 중인 반지하 방들,

아니면 위생 양호하고 문마다 번호 적힌 아파트,

아니면 이웃 옆집보다 약간 더 나은 단독주택에 산다 한들.

낯선 이가 이렇게 말할 때, "이 도시의 의미는 무엇인가?

이렇게들 옹기종기 모여 사는 게 서로 사랑해서인가?"

---

22) 이 시행은 『구약성서』 「시편」 127편 1절, "여호와께서 집을 세우지 아니하시면 세우는
자의 수고가 헛되며 여호와께서 성을 지키지 아니하시면 파수꾼의 경성함이 허사로다"
를 인용하고 있다.

23) 이 시행은 「시편」 74편 3절, "영구히 파멸된 곳으로 주의 발을 드십소서. 원수가 성소
에서 모든 악을 행하였나이다"를 부분 인용하고 있다.

24) 이 시행은 「시편」 26장 8절, "여호와여 내가 주의 계신 집과 주의 영광이 거하는 곳을
사랑하오니"의 인용이다.

너는 뭐라 대답할까? "우리 다 같이 사는 것은
서로 돈 뜯어내기 위해서"? 아니면, "이곳은 한 공동체"?
그러면 **낯선 이**는 떠나서 사막으로 돌아가리라.
아 나의 영혼이여, **낯선 이**가 올 것에 대비하라,
질문에 능한 자 그를 대비하라.

아 인간들의 지친 삶이여, **하느님** 저버리고 대신 섬기는 것은
너희 정신의 위엄과 너희 행동의 영광,
예술과 발명과 과감한 기획들,
인간적 위대함의 계획들, 철저히 신뢰 잃은 그것들,
땅과 물을 붙들어 너희 종을 삼고
바닷길을 착취하고[25] 산들을 개발하고,
별들을 일반과 특별 우대로 분류하고,[26]
완벽한 냉장고[27] 고안해내느라 골몰하고,
합리적 윤리학 만들어내느라 골몰하고,
가능한 한 많은 책 찍어내느라 골몰하고,
행복 만들기 작전 또 빈 병 던져버리기,
너희 공허함 잊어보려 열에 들떠 후끈 달아
민족이니 인종이니[28] 인류애니 뭐니 흥분하지만,

---

25) "착취하고"의 원문은 "exploiting"이다. 맥락상 '이용하고'보다는 '착취하고'가 맞을
   듯해 이렇게 옮겼다.
26) 이 시구는 쓸모없는 과학 연구뿐 아니라, 별 숫자로 호텔들을 나누는 관행을 가리킨다.
27) 산업용 냉장 보관 기술은 19세기 후반부에 이미 상용화되었으나 가정용 냉장고는
   1920~30년대에 보급되기 시작했다.
28) 1930년대에 부상하기 시작한 '민족'과 '인종'을 내세운 파시즘을 가리킨다.

비록 너희는 **성전**으로 가는 길 잊었을지 몰라도

너희 집 문으로 가는 길 기억하는 이 있으니,

생명을 너희는 피할지 몰라도, **죽음**은 피하지 못하리라.

너희는 그 **낯선 이** 쫓아내지 못하리라.

4

성전을 짓고자 하는 이들 있고,

성전이 지어지지 않길 바라는 자들 있네.

선지자 느헤미야 시대에도[29] 이 일반 법칙엔 예외가 없었네.

수산궁, 니산월[30]에,

그는 아닥사스다 왕 포도주 전담관,

그런 그가 망가진 도시 예루살렘을 슬퍼하니,

왕은 그에게 떠나라 허락하여

그 도시를 다시 짓도록 했네.

그래서 몇몇과 함께, 예루살렘으로 가니,

그곳의 용정, 분문,

샘문, 왕의 못이며 온 사방

예루살렘은 처참해, 불에 탄 잿더미,

짐승도 지나갈 곳 없을 정도.[31]

그와 그의 일꾼들이 벽을 다시 지으려 일 시작할 때,

밖에서는 적들이 그를 파괴하려 들고,

안에는 첩자들과 사익 추구자들 있었네.

---

29) 이어지는 시행에서는 『구약성서』 「느헤미야서」의 내용을 소개하고 있다. 페르시아에 유배되어 페르시아 왕의 시종이 된 느헤미야는 예루살렘으로 돌아가 성전을 재건하게 해달라고 왕에게 간청한다. 마침내 왕의 허락을 받아 예루살렘으로 돌아갔으나 느헤미야는 이미 그 성읍을 차지하고 있던 이방인들의 집요한 반대에 부딪힌다. 「느헤미야서」의 내용은 교회 보수를 목적으로 기획한 공연 「반석」의 취지와 부합된다.

30) 유대교 교회 달력의 첫 달, 3, 4월에 해당한다.

31) 「느헤미야서」 2장 13~14절을 인용하고 있다.

그래서 이들은 마땅히 해야 하듯
한 손엔 칼 다른 손엔 벽돌삽 들고 지었네.

5

오 주여, 훌륭한 의도와 불결한 마음을 가진 자에게서 나를 구해내소서, 마음은 만물보다 거짓되고 심히 부패한 것이니.[32]

호론 사람 산발랏과 암몬 사람 도비야와 아랍 사람 게셈,[33] 이들 모두 필시 공무에 충실한 열정적 인물들.

뭔가 얻을 게 있는 적으로부터 저를 지켜주소서, 또 뭔가 잃을 게 있는 벗으로부터도.

선지자 느헤미야의 말을 기억하며, "손에는 벽돌삽, 권총은 총집에 좀 느슨하게 찬 채로."

그 용도가 뭔지 잊은 집에 앉은 자들은, 다 무너져가는 계단에 누워 있는 뱀들 같아, 햇빛만 쬐면 그만.

또 다른 자들은 개처럼 뛰어다니니, 사업 계획에 부풀어, 킁킁 냄새 맡고 멍멍 짖어대며. 이들이 하는 말, "이 집은 뱀들의 소굴이야, 헐어버리자.

구역질 나는 짓들, 기독교도들의 파렴치한 짓거리 끝장내자." 그러나 이들은 옳지 않아, 반대쪽도 마찬가지.

또 그들은 셀 수 없이 많은 책을 쓰니, 허풍 매우 심하고 산만한 자들이라 침묵하지 못해, 각자 자기 드높이려 애쓰며, 또 자신의 공허함 기피하며.

겸손과 순결 마음에 없으면 집에도 없어, 또 겸손과 순결 집에 없

---

32) "마음은……" 이하는 『구약성서』「예레미야서」17장 9절을 인용한 것이다.
33) 「느헤미야서」2장에 소개된 느헤미야의 적들이다. 이들은 이방인들이 장악한 예루살렘의 '유지'들이다.

으면 **도시**에도 없어.

낮에 집 짓던 자는 해 지면 제 집 안방에 돌아가, 침묵의 선물 복으로 누리며, 졸다 잠드네.

그러나 우린 뱀과 개들에게 포위되었네, 그러니 누구는 일해야 하고 또 누구는 창을 들어야 하리.

6

박해를 받아본 적 없는 이들은
또 기독교인을 안 적이 없는 이들은
기독교인들 당한 박해 그런 얘기를 믿지들 못해.
은행 가까이 사는 이들은
자기들 돈이 안전할까 의심치 못해.
경찰서 근처에 사는 이들은
폭력이 승리함을 믿지들 못해.
그대는 **믿음**이 이 **세상**을 이겼다고 생각하나
또 사자들에게 사육사가 더는 필요 없다고?
말해줘야 아나 있었던 일들은 여전히 또 있을 수 있음을?
말해줘야 아나 고상한 사회에 산다며
그대들이 자랑하는 볼품없는 성취들조차도
믿음 없인, 그 덕에 의미를 얻었기에, 사라질 것임을?
남성들! 일어나고 누울 때 이를 닦으시게,
여성들! 손톱들 잘 닦으시게,
댁들은 개 이빨과 고양이 발톱도 닦지 않는가.
사람들이 왜 **교회**를 사랑하겠나? 왜 교회[34]의 율법을 사랑하겠나?
교회는 이들에게 **영생**과 **영별**[35]을, 또 잊고자 하는 모든 것들 말해
주니.

---

34) 원문에 이어지는 행에서는 "교회"를 "She"로 받는다. 우리말에서 이러한 효과를 그대
로 낼 수는 없기에, 대명사 대신 명사를 반복했다.
35) 원문에서 대문자로 구분된 "Life"와 "Death"는 영생과 영원한 벌을 의미한다.

교회는 이들이 강하고자 하는 데서 연하고, 무르고자 하는 데서 강하니.

교회는 이들에게 **악**과 **죄**에 대해, 또 기타 불쾌한 사실들을 말해주니.

이들은 끝없이 회피하려 시도해
겉과 속의 어두움을
더 이상 누구도 선할 필요 없을 완벽한 체제를 꿈꾸므로.
그러나 지금 그대로의 인간은 그림자로
가리리라 아닌 척하는 인간을.
또 **인자**[36]는 한 번 십자가에 달린 것으로 끝이 아니요,
순교자들의 피는 한 번 흐른 것으로 끝이 아니요,
성인들의 삶은 한 번 헌신으로 끝이 아니리,
하지만 **인자**는 항상 십자가형 당하고
또 **순교자**와 **성인**들은 나올 것이리.
또 **순교자**들 피가 계단으로 흘러야 한다면
우린 먼저 계단을 지어야 하리.
또 **성전**이 무너져 내릴 것이라면[37]
우린 먼저 **성전**을 지어야 하리.

---

36) 『신약성서』「마태복음」에서 예수 그리스도가 자신을 가리키는 표현이자, 『구약성서』「에스겔서」에서 여호와가 선지자 에스겔을 부를 때 쓰는 호칭이다.

37) 「마태복음」 24장 2절, 예루살렘 성전의 파괴를 예언하는 예수의 말씀, "내가 진실로 너희에게 이르노니 돌 하나도 돌 위에 남지 않고 다 무너뜨리우리라"를 언급하는 시행이다.

7

태초에 **하느님**이 천지를 창조하시니라. 황폐하고 공허해. 황폐하고
공허해. 또 흑암이 깊음 위에 있어.[38]

또 거기 인간들 나타나자, 그들은 여러 갈래로, **하느님** 향해 가느라
고뇌하며 분투했네

눈멀고 헛되이, 인간이란 헛된 존재라, 또 **하느님** 없는 인간이란 바
람에 날리는 씨, 이리저리 끌려다녀 정착하고 발아할 터 찾지 못해.

그들은 빛과 그림자 추종했네, 또 빛은 이들을 빛을 향해 이끌었고
그림자는 어둠으로 끌고 가니,

뱀이나 나무 섬기며, 뭐든 안 섬길 수 없으니 악마들도 섬기며, 삶
이상의 삶을 달라고, 육체의 희열 그 이상을 달라 외치며.

황폐하고 공허해. 황폐하고 공허해. 또 흑암이 깊음 위에 있어.

또 **영**이 수면에 운행하시니라.

또 빛 쪽으로 돌아서고 빛이 알아본 인간들은

고등종교들을 고안하니, 이 **고등종교**들은 좋았고

인간들은 빛에서 빛으로, **선**과 **악**의 지식으로 인도되었네.

하지만 그들의 빛은 늘 어둠에 에워싸여 또 어둠이 빛 속에 꽂혀
있었네

마치 온화한 해양의 공기가 북극 해류의 잠잠한 죽음 같은 입김에

---

38)「창세기」1장 1~2절에서 따온 시행이나, 엘리엇은『흠정역 성서』의 "was without
form" 대신 "waste"를 넣었다. 본인의 개종 전 대표작「황무지The Waste Land」를 암
시하려는 의도가 읽힌다.

찔려 있듯,

또 그들은 끝에 이르렀네, 끝장에 이르러 목숨이 가끔 움찔움찔.

또 그들은 굶어 죽은 아이의 시들고 늙어버린 모습에 이르렀네.

기도 바퀴,[39] 망자 숭배, 속세 부인, 그 뜻 잊힌 의식 이어가며

쉴 틈 없이 바람 채찍질 맞는 모래에서, 또는 바람에 쉼 없이 눈발 시달리는 언덕에서.

황폐하고 공허해. 황폐하고 공허해. 또 흑암이 깊음 위에 있어.

그러자 찾아왔네, 예정된 순간에, 시간 속 한 순간 또 순간의 시간 이,

시간 밖 순간 아닌, 우리가 역사라 부르는, 그 시간 속 순간, 시간 의 세계 관통하며, 둘로 갈랐으나, 이 시간 속 순간은 순간의 시간 같지 않아,

시간 속 순간이나 시간이 그 순간 통해 만들어졌네,[40] 의미 없이는 시간이란 없기에, 그 순간의 시간이 의미 주었기에.

그러자 인간들은 빛에서 빛으로 나아가며, **말씀**의 빛 안에 있을 듯 싶었네,

그분의 **수난**과 **희생**이 이들의 부정한 됨됨이 아랑곳 않고 구원하니,

늘 그랬듯이 짐승 같고, 육체적이고, 늘 그랬듯이 자기 이익 챙기고, 늘 그랬듯이 이기적이고 맹목적임에도

---

39) prayer wheel: 티베트 불교에서 수도승들이 기도하듯 돌리는 금속 원형통으로 '전경기 (轉經器)'라고 불린다.

40) 그리스도 성육신의 신비를 "time"과 "moment"의 눈부신 언어 유희로 엮어내는 이 시 행들을 우리말로 제대로 옮겨보려고 했으나, 역부족임을 고백한다.

그럼에도 늘 분투하며, 늘 다시 인정하며, 늘 빛이 비춰준 길로 되돌아가 걸어나가니,

자주 멈추고, 머뭇대고, 벗어나고, 미루고, 되돌아가나, 그럼에도 다른 길로 가지 않으며.

하지만 이전엔 전혀 없었던 뭔가가 벌어졌나 싶네, 도대체 언제, 왜, 어떻게, 어디서, 그건 우리 알지 못하지만.

인간들이 **하느님** 떠나 다른 신들에게 간 게 아니라, 그들 말대로, 아무 신에게도 가지 않으니, 이건 전에 전혀 없던 일

인간들이 신들을 부인하며 동시에 신들을 섬기니, 믿는다 공언하니 첫째로 **이성**을,

그다음은 **돈**, 그리고 **권력**을, 또 그들이 말하는바 **삶**이니 **인종**이니 **변증**을.[41]

교회와 연을 끊고, 첨탑은 헐리고, 종은 뒤집어졌으니, 우리가 할 일 뭐가 있나,

그저 곁에 서서 빈손으로 손바닥 뒤집고 있을밖에

뒤를 향해 진보하며 나아가는 이 시대에는?

실직자들의 목소리 (멀리 떨어진 데서)

이 땅에선

남자 둘당 담배 한 개비씩,

---

41) "삶"은 1920년대부터 확산된 세속적인 대중 소비사회와 개방된 성생활을, "인종"은 1930년대 급부상한 파시즘을, "변증"은 ('변증법적 유물론'을 추종하는) 사회주의/공산주의를 가리킨다.

여자 둘당 반 파인트
맥주……

코러스

세상이 뭐라고 하나, 온 세상이 다 강력 엔진 자동차 타고 곁길로
빠지는가?

실직자들의 목소리 (좀더 희미하게)
  이 땅에선
아무도 우리를 고용하지 않았어……

코러스

황폐하고 공허해. 황폐하고 공허해. 또 흑암이 깊음 위에 있어.

교회가 인간들을 실망시켰나, 아니면 인간들이 **교회**를 실망시켰나?

이제 **교회**를 더는 존중은커녕 반대조차 않고, 인간들은 모든 신들
다 잊었고

아는 신들이란 오로지 **이자, 색욕, 권력.**

8

오 **아버지** 당신의 말씀 우리 기뻐 받습니다,
또 우리 기운 내어 미래로 나아가겠습니다,
지난 일 기억하며.

이방인이 당신의 상속자가 되었습니다,
또 당신의 성전을 더렵혔습니다.

에돔에서 온 이 누구인가?[42]

그가 홀로 포도즙 틀을 밟았노라.[43]

그러자 또 한 사람 와서 예루살렘이 당한 수모와
성소들이 더렵혀진 소식 전하자,
은자 피에르, 말로 들쑤시니,[44]
또 듣는 자 중 선한 이도 좀 있었다네,
많은 이들은 악했고,
또 대부분은 이쪽저쪽 다 아니었다네.

---

42) 『구약성서』 「이사야서」 63장 1절, "에돔에서 오는 이 누구며 붉은 옷을 입고 보스라에
    서 오는 이 누구냐. 그의 화려한 의복 큰 능력으로 걷는 이가 누구냐. 그는 나이니 공
    의를 말하는 이요, 구원하는 능력을 가진 이니라"를 인용하고 있다.
43) 44쪽 각주 9) 참조.
44) 은자 피에르(Pierre l'Ermite, 1050~1115)는 프랑스 아미앵의 사제로 제1차 십자군 전
    쟁을 독려한 종교 지도자였다.

어디 가나 사람들 늘 그런 것처럼,

일부는 명예를 사랑하여 갔고,
일부는 좀 쑤시고 궁금해서 따라갔고,
일부는 욕심 많고 색골이라.
많은 자들은 몸을 시리아 솔개들에게 남겨주거나
가는 도중 바다에 흩뿌렸으며,
많은 자들은 시리아에 영혼을 두고 와서,
도덕적 부패 속에 함몰돼, 살아갔으며,
많은 자들은 돌아올 때 제대로 망가져 있었으니,
병들고 빈털터리, 와 보니
낯선 자가 집 주인이라며 대문 막고 서 있었다네,
고향에 왔으나, 동방의 햇살에
또한 시리아의 7대 죄악[45]에 쩍쩍 갈라져 있었네.
하지만 우리의 임금은 아코에서 선전했다네.[46]
또 온갖 불명예 저지르긴 했지만,
깃발 망가지고, 인생도 망가졌지만,
이곳 아니면 저곳에서 믿음도 망가졌지만,
뭔가 남겨준 것 있다네, 노인들이 겨울 저녁
해주는 이야기만은 아닌.

---

45) 중세 교회에서 지옥행 벌을 받을 일곱 가지 죄로 꼽은 '교만, 물욕, 색욕, 시기심, 식탐, 분노, 태만.'
46) 영국의 '사자왕' 리처드 1세(Richard the Lionheart)가 1191년 제3차 십자군 전쟁 때 팔레스타인의 전략적인 요충지 아코Akko를 점령한 사실을 언급하고 있다.

오직 믿음이 그중 선한 일들을 해낼 수 있었네,
몇 명 안 되는 이들의 완전한 믿음이,
많은 이들의 부분적 믿음이.
탐욕, 호색, 사기 아니라,
시기, 태만, 식탐, 질투, 교만 아니라.
이것들이 십자군을 만든 것 아닐세,
이것들이 그들을 망쳤지만.

기억하세 떠돌이 설교자의 부름에 답하여
사람들 집 나서게 한 그 믿음을
우리의 시대는 적당히 덕스러운 시대
또 적당히 사악한 시대라
사람들이 **십자가**를 내려놓을 일 없네
절대로 그것을 짊어지지 않을 테니.
그러나 그 무엇도 불가능하지 않아, 그 무엇도,
믿음과 확신의 사람들에게는.[47]
그러므로 우리의 뜻을 온전케 합시다.[48]
아 **하느님**, 우리를 도우소서.

---

47) 『신약성서』 「마가복음」 9장 23절, "예수께서 이르시되 할 수 있거든이 무슨 말이냐 믿
　　는 자에게는 능히 하지 못할 일이 없느니라 하시니"를 부분 인용하고 있다.
48) 44쪽 각주 10) 참조.

9

인자여 네 눈으로 보고 귀로 들으며

또 네 마음으로 생각할지어다 내가 네게 보이는 것을.[49]

누가 이런 말을 했던가, **하느님**의 **집**은 **슬픔**의 **집**이라고,

우린 검은 상복 입고 서글픈 표정으로, 슬프게 걸어야 하고,

우린 텅 빈 벽 사이, 낮게 떨리는 목소리로, 가냘프게 속삭여야 한

다고,

껌벅거리는 빛 몇 개 흩어진 사이에서?

이들은 **하느님**께 자기들 슬픔을 덧씌운다, 자기가 느껴야 할 비탄을

매일 살며 짓는 자기들 죄와 흠으로 슬퍼할 일을.

하지만 그들은 목에 힘주고 길거리 걷는다, 순종 경주마가 달릴 준

비 하듯,

제 몸을 치장하고, 분주하게 장터로, 토론회로,

또 온갖 다른 세속 모임들로.

저 잘났다 생각하며, 무슨 축제건 기꺼이 참석하며,

자기 몫 아주 잘도 챙긴다.

우리 골방에서 애통해합시다, 참회의 길 배우며,

또 성도들의 기뻐하는 교제 배웁시다.

사람의 혼은 창조 위해 깨어나야 하리.

형태 없는 돌에서부터, 예술가가 돌과 한 몸 될 때,

---

49) 『구약성서』 「에스겔서」 40장 4절을 인용하고 있으나 번역은 운에 맞게 성서 본문을 재
배치했다.

늘 새 삶의 형태들 생겨나니, 돌의 혼과 한 몸 된 사람의 혼에서,

삶이 있는 또는 삶이 없는 모든 것들의 의미 없는 실무용 형태들에
서,

예술가의 눈과 결합하면, 새 삶, 새 형태, 새 색조가.

소리의 바다에서부터 음악의 삶이,

말의 끈적거리는 진흙에서부터, 불완전한 언어 표현의 진눈깨비와
싸락눈에서,

생각과 감성의 근사치, 생각과 감성을 대신한 말들에서,

거기서 완전히 질서 잡힌 언변 솟아나니, 또 기도문의 아름다움이.

주여, 우리가 이 은사들로 당신을 어찌 섬기지 않겠나이까?

우리의 모든 능력들로 당신을 어찌 섬기지 않겠나이까

삶, 품위, 멋과 조화의 역량으로.

또 감각이 주는 지적 쾌락들로?

창조하신 **주님**은 우리도 창조하길 필히 바라시리니

또 우리의 창조를 다시 그분 섬기는 데 쓰기를,

이미 창조하므로 그분을 섬기는 것이니.

사람이란 정신과 육체 결합된 존재기에,

그렇기에 정신과 육체로 섬겨야만 하리라.

보이고 또 보이지 않는 두 세계, **사람** 안에서 만나니,

보이고 또 보이지 않는 것들 그분 **성전**에서 만나야 하리라.

그대여 육체를 부인하지 말라.[50]

---

50) 이 시행의 배경이 되는 성서 텍스트는 『신약성서』 「고린도전서」 6장 19절. "너희 몸은
너희가 하나님께로부터 받은바 너희 가운데 계신 성령의 전인 줄을 알지 못하느냐"이다.

이제 그대는 **성전**이 완성됨을 보게 되리라,

많은 분투 후에, 많은 역경 후에,

창조의 일은 고생 없이 되는 법 없기에,

형태 입은 돌, 보이는 십자가상,

준비된 제단, 비상하는 빛,

빛

빛

보이지 않는 **빛**이신 이의[51] 보이는 징표.

---

51) 원문은 "Invisible Light"인데 대문자의 의인화 효과를 내기 위해 풀어서 옮겼다.

10

여러분은 집 지어짐 보셨고 꾸며짐도 보셨습니다
밤에 온 이의 손으로, 이제 집은 **하느님**께 봉헌됩니다.
이제 집은 눈에 보이는 교회, 언덕 위에 놓을 또 하나의 등불[52]
혼란스럽고 어둡고 두려운 전조들로 불안한 이 세상에서.
또 미래는 어떠하리라 우리 말할까? 우리는 교회 하나 짓고 더는
못 할까?
아니면 **보이는 교회**는 나아가 **세상**을 이길 건가?[53]

큰 뱀은 늘 반쯤 깨어 있네, 세상의 구덩이 맨 밑에서, 똬리 튼 채
제 몸 겹겹이 감고 있다 허기져 깨어나 머리통 우로 좌로 흔들며
삼킬 시간 준비하며.
그러나 **불의**의 **신비**는 인간 눈으로 가늠하기엔 너무나 깊은 구덩이.
나와라
그대들은 뱀의 금색 눈을 귀히 여기는 자들에게서,
숭배자들, 뱀에게 자신을 제물로 바친 자들에게서. 떠나라
그대의 길을 또 그대들은 떨어져 있으라.
선과 **악**에 너무 호기심 갖지 말 것이요,
시간의 미래 물결을 세어보려 시도치 말 것이니,

---

52) 이 시행은 『신약성서』 「마태복음」 5장 14절, "너희는 세상의 빛이라 산 위에 있는 동네
   가 숨겨지지 못할 것이요"를 언급하고 있다.
53) 『신약성서』 「요한복음」 16장 33절, "세상에서는 너희가 환난을 당하나 담대하라. 내가
   세상을 이기었노라"를 염두에 둔 표현이다.

다만 그대들에게 빛이 있음에 만족하라

발걸음 떼고 두 발로 서 있기에 충분한 빛이.

아 보이지 않는 **빛**이시여, 우리 당신을 찬미합니다!

인간의 눈으로 보기엔 너무 밝으시니.

아 더욱 큰 **빛**이시여, 더 작은 빛 주시니 당신을 찬미합니다,

아침에 우리의 첨탑에 닿는 동편 빛,

저녁 서편 문들에 기대어 미끄러지는 빛,[54]

박쥐 나는 밤 고인 웅덩이 위 저녁노을 빛,

달빛과 별빛, 부엉이와 나방 빛,

풀잎에 반짝반짝 반딧불이 빛,[55]

아 보이지 않는 **빛**이시여, 우리 **당신**을 경배합니다!

우리가 지핀 불을 주신 당신께 감사합니다,

제단과 성소의 빛,

한밤중 묵상하는 이들의 작은 빛

또 창문 채색 무늬로 들어온 빛

또 매끈한 돌에 반사된 빛

---

54) 이어지는 시행에서는 서방 교회 건축양식과 장식을 언급하고 있다. 교회 건물의 배치
   는 동과 서가 긴 축, 남과 북이 짧은 축을 이루는 십자가 모양으로 정초해, 동쪽 끝에
   는 성소와 예배 공간, 서쪽 출입문에는 스테인드글라스로 햇빛이 들어오게 둥근 창을
   만든다.
55) 원문의 g 소리 두운("Glow-worm glowlight on a grassblade")을 살리기 위해 이렇
   게 옮겼다.

금박 입힌 나뭇조각, 색칠한 프레스코.[56]
우리의 시선은 바닷속에 잠겨, 우리의 눈은 저 위를 향해
또 동요하는 물 사이 부수고 들어오는 빛을 보네.
우리는 빛을 보나 어디서 오는지 보지 못해.
아 보이지 않는 **빛**이시여, 당신께 영광 돌립니다!

지상의 삶 리듬 안에서 우리는 빛에 지친다. 우리는 날이 끝나면
반갑고, 연극이 끝나도 마찬가지, 또 희열은 너무 심한 고통.

우리는 쉽게 지쳐버리는 어린아이들, 밤에 깨어 있다 폭죽 쏠 때
잠드는 아이들, 또 일하건 놀건 하루는 너무 길다.

우리는 산만할 때나 집중할 때나 지치고, 우리는 잠들고 또 잠자길
반긴다.

혈액의 리듬에게 또 낮과 밤과 계절들에게 조종당하며

또 우리는 촛불을 꺼야만 하리, 빛을 끄고 다시 켜야만,

영원히 불을 끄고, 영원히 불을 다시 켜야 하리라.

그러므로 우리의 작은 빛, 그림자로 얼룩진 이 빛 주신 당신께 감
사합니다.

우리가 짓도록, 찾도록, 우리의 손가락 끝으로 또 눈빛으로 지어내
도록 이끄신 당신께 감사합니다.

또 우리가 보이지 않는 **빛** 섬길 제단 다 지으면 거기에 작은 빛들
두어 우리 육체의 눈이 볼 수 있으리니.

또 어둠으로 빛을 기억하게 하시니 당신께 우리 감사드립니다.

---

56) 교회 제단 장식과 교회 벽의 성화.

아 보이지 않는 **빛**이시여, 당신의 위대한 영광 감사드립니다!

사중주 네 편

비록 이성은 공통된 것이나, 대중들은
마치 각자 이성을 갖고 있는 듯 산다.
—1권, 77쪽, 단상 2.

오르막길과 내리막길은 같은 하나이다.
—1권, 89쪽, 단상 60.

딜즈, 『소크라테스 전(前)과 헤라클레이토스의 단상 모음』[*]

---

* 원문에서는 희랍어 그대로 발문으로 인용하고 있다. 「황무지」의 엘리엇을 연상시키는
'현학적' 태도이다. 희랍어 발문을 영어 번역본을 참고해 옮겼다. 「번트 노튼」의 발문으
로 등장한 이 희랍어 인용들은 『사중주 네 편』 단행본 출간 시 작품 전체의 발문으로 자
리를 옮겼기에, 번역본에서도 이 위치에 배치한다.

사중주 네 편, 제1[1]
번트 노튼[2]

1

지금 때와 지난 때는

둘 다 아마 올 때에[3] 지금 있고

---

1) 엘리엇이 완성한 마지막 장시 「사중주 네 편」의 각 '사중주'는 개별적으로 발표된 후 1943년에 이와 같은 제목으로 묶여서 출간되었다. 각 '사중주'는 5개의 '악장'으로 되어 있고 전체는 4편으로 이루어져 있다. 개종 이전 엘리엇이 선호했던 홀수 5장 구성과 「성회 수요일」의 6장 짝수 구성 둘을 조화시키고 있다. 「사중주 네 편」은 엘리엇이 쓴 가장 긴 시이고 또한 시로서는 그의 마지막 작품이다. 다시 말해 그의 문학 세계의 최고 지점이자 마지막 종착점이라고 할 수 있다. 엘리엇이 이 작품들을 '사중주'라고 부른 취지는 거창한 '교향곡'에 대비되는 사색적 실내악곡이며, 서너 개의 다른 목소리들이 각기 현악 사중주의 악기들처럼 분배되어 있다는 점을 시사하려는 것이었다. 복잡하고 섬세한 음악성과 깊이 있는 철학적·종교적 사색이 어우러진 이 시들을 옮기면서, 형식의 측면에서나 사유를 전개하는 내용에서나 시행과 단어의 배치는 매우 중요하기에, 가급적 그 순서를 그대로 지키며 원문의 시적 효과들을 재구성하려 노력했다.

2) 「사중주 네 편」의 첫번째 '사중주'인 이 작품은 엘리엇의 『시집, 1909~1935』(1936)에 수록되었다. 1935년에 공연된 「대성당 살인Murder in the Cathedral」 대본에서 삭제된 시행들이 이 작품으로 옮겨왔다는 본인의 진술에 비춰볼 때 1935년에 완성한 작품일 것이다. 이 시가 토대이자 모델이 되어 「사중주 네 편」으로 모일 시들이 이후 다른 시기에 만들어졌다. 배경이 되는 "번트 노튼"은 잉글랜드의 글로스터셔 코스월드Costwold, Gloucestershire에 있는 사람이 살지 않는 고택으로, 엘리엇은 1934년에 하버드 재학 시절에 좋아했던 미국 여인 에밀리 헤일Emily Hale과 함께 이곳을 방문했던 경험을 시의 출발점으로 삼는다.

3) "올 때"는 "time future"의 번역으로, 운율을 위해 "future"를 프랑스어 식으로 풀어서 (a-venir) 옮겼다.

또 올 때는 지난 때에 들어 있어.

모든 때가 영원히 지금 있다면

모든 때는 구원받지 못하리.[4]

그랬을 법함은 추상일 뿐

영속적 가능성으로 남아 있어

단지 추측의 세계 안에서만.

그랬을 법함과 그러했음이

한 지점을 가리켜, 늘 지금 있는 거기.

발소리들 추억 속에 메아리치네

우리가 택하지 않은 복도 따라

우리가 절대 연 적 없는 문을 향해

장미 정원으로.[5] 내 말들 메아리치네

이렇듯, 그대의 생각 속에서.

　　　　　　　　하지만 무슨 목적에서

장미꽃 단지의 먼지 밀쳐 깨우는지

난 알지 못해.

　　　　　　다른 메아리들이

이 정원에 사는구나. 우리 따라가볼까?

---

4) 첫 5행에 담겨 있는 상호텍스트들로는 성 아우구스티누스의 『고백록*Confessiones*』 11권
의 시간 그 자체를 인식하는 일의 어려움(과거는 지나가고 미래는 오지 않았고 현재는
과거로 끝없이 가버리는 형편)에 대한 명상과 단테의 「천국」 17곡 17~18행에서 단테의
선조 카치아구이다Cacciaguida의 대사 중, 현재의 "한 지점"에 "모든 시간이 나타나 있
다(tutti li tempi son presenti)"라고 하는 대목이다. 시간의 유동성과 필연성의 결합은
이 시의 중심 모티프 중 하나이다.

5) "장미 정원"은 13세기 프랑스 작가 기욤 드 로리스Guillaume de Lorris의 『장미 로망
스*Roman de la Rose*』를 연상시킨다.

어서, 새가 말했다, 찾아봐, 찾아봐,

저 모퉁이 돌아서. 첫 대문 지나서,

우리의 첫 세계 안으로, 우리 따라가볼까

참새[6]의 속임수를? 우리의 첫 세계 안으로.

거기 다들[7] 있었네, 위풍당당히, 안 보이게.

압력 없이 움직이며, 죽은 잎사귀 위로,

가을 열기 속, 생기 돋는 공기 안으로,

또 새가 불렀다, 관목 숲에 숨은

안 들린 음악에 화답하여,

또 안 보인 눈빛 서로 엉켜, 장미들은

보라고 있는 꽃처럼 보였기에.

거기 다들 있었네 우리의 손님으로, 환영받고 환영하는.

이에 우린 움직였네, 또 그들도, 격식에 맞추어,

텅 빈 골목 따라, 일등 관람석[8] 안으로,

물 뺀 연못 들여다보려고.

메마른 연못, 메마른 콘크리트, 누런 가장자리,

또 연못은 햇빛에서 나온 물로 채워졌네,

또 연꽃들 장미로 솟아나,[9] 고요히, 고요히,

---

6) 원문은 "thrush"이다. 이 음악적인 이름을 우리말로 옮기면 "개똥지빠귀"가 된다. 크게 보면 '참새'의 친척이므로, "참새"로 옮겨 음악성을 살려보려 했다.

7) 앞의 "찾아봐"의 원문인 "find them"의 "them"과 같은 대상, 구문상 "다른 메아리들"을 가리키는 것으로 해석된다.

8) 원문은 "box circle"로 극장의 상류층 전용 관람석인 '박스'들이 늘어선 반원을 뜻한다. 이 시에서는 그러한 모양처럼 보이는 관목 숲을 가리킨다.

9) 원문의 "솟아나"는 "rose"이니 '장미'라는 명사처럼 보이기도 하기에 그 효과를 부각시키려고 이렇게 옮겼다. 연꽃(lotus)은 불교에서 중요한 상징성을 갖는 꽃이니 '무'와 '공'

표면에는 빛의 심장으로 번쩍번쩍,[10]
또 다들 우리 뒤에 있었네, 연못에 반사된 채.
그러다 구름 한 점 지나가니, 연못은 텅 비었네.
가라, 새가 말했네,[11] 잎사귀엔 아이들이 우글거렸기에,
숨어서 신이 나서, 웃음들 참으며.
가라, 가라, 가라, 새가 말했네, 인간이란 종이
버텨낼 만한 진실은 그리 많지 않으니.
지난 때와 올 때가
그랬을 법함과 그러했음이
한 지점을 가리켜, 늘 지금 있는 거기.

2

마늘과 사파이어가 진흙 속에서[12]

_____

을 사색하는 이 시의 분위기에 잘 맞는다. 한편 서양 신화에서는 연꽃이 나른한 상태를 상
징하기도 한다. 호메로스의 『오디세이아Odysseia』 9권에서 오디세우스의 병사들은 연꽃
을 먹고서 항해할 의지를 잃고 늘어진다. 오디세우스는 병사들을 강제로 끌고 다시 귀향
길에 오른다. 네 행 뒤에 "가라"는 말이 등장하는 것은 이러한 배경 서사를 반영한다.
10) "빛의 심장"은 「횅한 자들」의 발문을 제공한 콘래드의 『어둠의 심장』을 역전시킨 표현이
다. 또한 빛의 물결에 비친 광경이라는 설정은 단테의 「천국」의 시각적인 체험을 떠
올린다. 「천국」 23곡에서 단테는 그리스도의 은총이 내뿜는 빛의 '심장'을 반사하는 모
습들을 물과 빛을 뒤섞은 표현들로 묘사한다.
11) "새"의 등장은 영국 낭만주의 시에서 유명한 선례들, 특히 존 키츠John Keats의 「나이
팅게일에 바친 송가Ode to a Nightgale」를 의식한다는 표시이다. 키츠의 시에서 나이
팅게일의 노래는 변하지 않는 잠재적인 세계의 목소리로, 죽음을 향해 퇴락해가는 인
간 세계와 극명히 대조된다.
12) 이 시행은 프랑스 상징주의 시인 스테판 말라르메(Stéphane Mallarmé, 1842~1898)

심긴 차축을 붙잡는다.

피 속 파르르 떠는 전선이

뿌리 깊은 상처 밑에서 노래하며

잊은 지 오래된 전쟁을 달랜다.

동맥 따라 추는 춤

림프의 순환은

떠도는 별들의 형태에 담기고

나무의 여름으로 올라간다

우리는 움직이는 나무 그 위로 옮겨간다.

잎새 형태에 비친 빛을 타고

또 듣는다 젖는 바닥

저 아래에서, 멧돼지 사냥개와 멧돼지

늘 하듯 각자 틀 따라 달리지만

별들 사이에서 화해함을.[13]

이 도는 세상의 정지 지점에. 육체도 아니고 육체 없음도 아닌,[14]

의 (일종의) 연애시인 「그대 이야기에 나를 소개하기M'introduire dans ton histoire」
에 나온다.

13) "멧돼지 사냥개……"에서 이 대목까지는 허큘리스 별자리의 모습을 묘사한다. 7월에
가장 잘 보이는 별자리이다.

14) 이어지는 약 열여덟 행은 단테의 「천국」을 간접적으로 언급하고 있다. 육체를 입은 상
태로 천국을 방문한 극중 단테의 경험을 시인 단테는 온갖 모순어법으로 재현한다. 별
들의 세계를 단계별로 올라가다 27곡에서 그 자체는 움직이지 않으나 모든 자전과 움
직임의 중심축인 '움직임의 원초(Primum mobile)'에 도달한다. 거기에서 그는 성인들
의 영혼이 춤추듯 오고감을 본다. 단테의 『신곡』은 「천국」에서 끝나지만, 엘리엇의 시
는 천국 방문을 신비로운 기억으로만 말할 수 있을 뿐, 아직 시간의 세계에 묶여 있다.

떠나오지도 다가가지도 않은, 정지 지점에, 거기 춤이 있어,[15]
붙잡힘도 움직임도 아닌. 또 그걸 고정이라 부르지 마라,
과거와 미래가 모인 거기를. 떠나오지도 다가가지도 않는 운동,
오르지도 기울지도 않는. 그 지점만, 그 정지 지점이 아니라면,
춤이란 없을 터, 또 오직 있는 것은 춤뿐.
난 '거기'에 갔었다 말할 수 있을 뿐, 어딘지는 몰라.
얼마 동안인지도, 말할 수 없어, 말하면 그것을 시간에 놓게 되니.

실용적 욕망 벗어난 내면의 자유,
행하고 당함에서 풀려남, 내면과 외부 강제로부터
풀려남, 하지만 주변을 에워싼
감각의 은혜, 정지하며 움직이는 하얀 빛,
동작 없는 고양(高揚),[16] 배제 없는
집중, 동시에 새 세상이자
옛 세상이 분명해짐을, 깨달음
부분적 환희의 완결 속에,
부분적 공포의 해소.
하지만 과거와 미래를 묶는 사슬이

---

15) 이 "춤"은 우주의 운동과의 조화를 뜻한다. 엘리엇은 친구인 찰스 윌리엄스Charles
Williams의 소설 『더 큰 트럼프 카드Great Trumps』에서 타로 카드 점으로 우주의 모
습을 그린 이미지에 착안했다고 한다.

16) 원문에서는 독일어 "Erhebung"을 그대로 썼다. 앞의 발문 중 두번째("오르막길과 내
리막길은 같은 하나이다")와 연관해 이해할 수 있을 것이다. 독일어를 그대로 쓴 것은
발문에 헤라클레이토스의 책 이름을 독일어로 적은 것과 관계있을 것이다. 원문의 효
과를 내보려 한자를 병기했다.

변하는 육체의 미약함에 엮여,

인간 존재를 천국과 지옥 형벌에서 막아준다

둘 다 육체가 감내할 수 없기에.

　　　　　　　　지난 때와 올 때가

그저 약간의 의식만 허용하기에.

의식함이란 시간 안에 있지 않음

하나 오직 시간 안에서만 장미 정원의 그 순간,

비 내리치는 정자의 그 순간,

땅거미 질 때 바짝 마른 교회 안의 그 순간을

기억할 수 있으리, 과거와 미래에 연루됐기에.

오직 시간 안에서만 시간은 정복되니.

　　　3

여기는 정 떨어짐의 터[17]

이전 때와 다음 때가

침침한 빛 속에, 낮 햇빛이

형체에 명료한 정물성 부여하거나

그림자를 찰나적 아름다움으로 바꿔놓거나

느린 회전으로 영속성 암시함 없고

또 어둠도 영혼 정결케 씻어

---

17) 3장의 공간적 배경은 런던 지하철이다. "시간에 전 불편한 얼굴들"이나 "금속 노선" 등이
단서가 될 것이다. 엘리엇은 「이스트 코커」 3장에서도 다시 지하철에서의 체험을 다룬다.

관능성을 박탈로 비워버리거나
시간성에서 정을 씻어냄 없어.
꽉 참도 텅 빔도 아님. 그저 껌벅거릴 뿐
시간에 찌들어 굳어진 얼굴들 위로
산만하게 산만함을 분산시키며[18]
공상으로 가득 차고 의미는 온통 비어 있고
비대한 무감각은 집중할 줄 모르고
인간들과 종잇장 몇 개, 찬바람에 휘휘 날려
시간 앞과 뒤로 바람 불어대,
유해한 허파로 들어갔다 나왔다
앞선 때와 뒤따른 때에.
병든 영혼들을 트림으로 분출[19]
시든 공기 속으로, 무기력한 자들
끌고 다니는 바람 휩쓰는 런던의 음울한 언덕을,
햄스팃과 클라큰웰, 캠든과 펏니,[20]
하이게잇, 프림로즈와 럿게잇. 여긴 아니리
여긴 어둠 아니리, 재잘거리는[21] 이 세계에서는.

---

18) 원문의 언어 유희―"Distracted from distraction by distraction"―를 옮긴 표현이다.

19) 이어지는 이미지는 단테의 「지옥」 5곡, 색욕의 죗값을 치르며 영원히 바람에 날리고 있는 영혼들을 연상시킨다.

20) 이 런던 지명들은 음악성을 유지하기 위해 외래어표기법이 아닌 실제 발음에 가깝게 표기했다.

21) "재잘거리는"의 원문은 "twittering"이다. '트위터'의 시대를 예언한 표현은 아니라 해도, 현대 도시 사회의 단면을 잡아낸 뛰어난 시어 선택이다.

내려가라 더 아래로, 다만 내려가라[22)
영속적 고독의 세계 속으로,
세상 아닌 세상, 그러나 세상 아닌 그것,
내면의 어둠, 박탈
또 일체 소유 없는 궁핍,
말려버린 감각 세계,
비워버린 공상 세계,
작동 중지 정신 세계,
이것이 한 길, 또 다른 저 길도
같다, 움직임이 아니라
움직임 삼가므로. 그동안 세상은 움직이니
취향 욕구에 젖어, 제 금속 노선 따라
지난 때와 올 때로.

---

22) 이 부분에서 엘리엇은 자신에게 큰 감명을 준 스페인 가톨릭 성인 '십자가의 요한'(San Juan de la Cruz, 'Saint John of the Cross')의 가르침을 따른다. 철저한 자기 부인과 금욕 생활을 통해 하느님을 만난다는 이 신비주의 수도자의 절대 고독과 절대 부인의 정신이, 발문으로 쓰인 헤라클레이토스의 단상들이 함축한 의미와 이 지점에 와서 결합된다. 물론, 이 표현은 런던 지하철을 타려고 내려가고 다시 환승을 위해 또 내려가야 하는 형편도 언급하고 있다. 단테의 「지옥」 4곡 13~15행에서 안내자(베르길리우스)는 단테에게 한 단계씩 더 아래로 내려가는 것이 여정의 진전이 될 것이라고 말한다. 이 세 가지 의미들이 이 부분에 담겨 있다.

4

때와 종소리 낮을 묻어버렸네,
검은 구름 해를 가져가버렸네.
해바라기 우리 쪽 향할까, 저 클레머티스[23]
늘어내려 우리 쪽 기울까, 덩굴손 잔가지
꽉 붙잡고 꼭 붙을까?
쌀쌀한[24]
주목나무 손가락들 휘감아
우리 쪽 내려올까? 물총새 날개가
빛에 빛으로 화답한 후, 지금 고요해, 빛은 잠잠해
회전하는 세상 정지 지점 거기서.

5

말들 움직이고, 음악 움직인다
오직 시간 안에서만, 하지만 오직 살 뿐인 것은
오직 죽을 수밖에. 말은, 발화 후에,
침묵에 이른다. 오직 형식, 모형 덕에

---

23) clematis: 화려한 꽃이 피는 덩굴 식물로, 정원 조경용 화초로 인기가 높다. 4장의 이
   미지들은 "번트 노튼"의 정원 및 켈엄Kelham 정원의 모습을 묘사한다.
24) 원문은 "꽉 붙잡고 꼭 붙을까"로 옮긴 "Clutch and cling?"과 음색을 맞춘 단음절
   "Chill"이다.

말이건 음악이건

정지에 이를 수 있다, 중국 도자기가 잠잠히

그 정지함으로 끝없이 움직이듯.

바이올린, 음이 지속되는, 그런 정지 아니라,

그것뿐 아니라, 동시 존재,[25]

아니면 끝이 시작에 앞선다고 할까,

또 끝과 시작이 늘 거기 있었다고

시작 전에 또 끝 이후에.

또 모든 것이 늘 지금이다. 말들은 휘고,

금 가고 때론 부서져, 무거운 짐 밑에서,

팽팽한 긴장으로, 헛디뎌, 미끄러져, 사라져,

부정확함과 함께 쇠락해, 한곳에 머물지 못해,

잠잠히 있지 못해. 꽥꽥대는 목소리들

꾸짖고, 놀리고, 아니면 그냥 수다 떨며,

늘 공격하니. 사막에서 **말씀**을[26]

유혹의 목소리들이 가장 심히 공격한다,

죽음의 춤 그 안에서 울부짖는 그림자,

비탄에 잠긴 괴물 환영의[27] 요란한 곡소리.

---

25) 원문은 "co-existence"이기에, 단지 '공존'으로만 옮기면 이 말의 시각적 효과가 반감된다.

26) 『신약성서』「마태복음」4장 1~11절에 나오는 예수의 광야에서의 시험을 언급하고 있다.

27) "괴물 환영"은 원문에서는 "키메라chimera"이다. 원래 이 이름은 그리스 신화에 나오는 사자 머리, 염소 몸, 뱀 꼬리를 하고 있는 괴물을 가리키나, 원문에서는 환영, 착시의 의미로 소문자로 쓰였기에 이와 같이 풀어서 옮겼다.

모형의 세부 양식은 움직임이다,

열 계단의 형상에서처럼.[28]

욕망 그 자체는 움직임이나

그 자체는 욕망할 것 못 된다.

사랑은 그 자체로 움직이지 않고,

다만 움직임의 원인이자 목적일 뿐,

시간 떠나 있고, 또 욕망치 않아

존재 아님과 존재함 사이

제한 형태에 붙잡힌[29]

시간의 측면에서가 아니면.

한 순간 햇빛 햇살 쏘자[30]

아직 먼지들 움직이는 중인데

나뭇잎 속 어린아이들의

숨은 웃음 솟아나니

어서 지금, 여기, 지금, 늘—

터무니없어라 황량하고[31] 슬픈 시간

이전과 이후로 늘어져 있음이.

---

28) '십자가의 요한'이 말한 신성한 사랑에 이르는 열 개의 계단을 이야기하고 있다.

29) 이 부분과 뒤의 한 군데에선 구문상 불가피하게 원문의 시행 순서를 바꿔서 옮겼다.

30) 원문의 두운—"Sudden in a shaft of sunlight"—을 살펴서 옮긴 것이다.

31) "황량하고"의 원문은 "waste"로, 시인은 자신의 초기작 「황무지The Waste Land」를 넌지시 비판하고 있다.

사중주 네 편, 제2
이스트 코커[32]

1

내 시작에 내 끝이.[33] 연이어
집들이 일어섰다 넘어지고, 허물어지고, 증축되고,
제거되고, 파괴되고, 복원되고, 또는 그 자리가
트인 벌판이나, 공장이나, 우회로가 된다.
옛 석재들을 새 건물에, 옛 목재들을 새 불에
옛 불을 재에, 또 재는 땅에,

---

32) 엘리엇은 1936년에 발표한 「번트 노튼Burnt Norton」과 같은 (총 5장으로 되어 있고,
특정 지명을 제목으로 택하고, 4장은 서정적인) 형식의 장시를 1940년 「이스트 코커
East Coker」라는 제목으로 발표했다. 제2차 세계대전 시기, 독일군의 공습으로 런던이
연일 파괴되던 그해, 런던에서 집필한 이 장시는 성금요일에 『뉴잉글리시 위클리New
English Weekly』에 발표되었고 몇 달 후 단행본으로 출간되었다. 단행본이 나오자 전
쟁과 파괴로 낙담에 빠진 독자들은 열렬히 반응했고 그해에만 1만 2천 부가 팔렸다.
'이스트 코커'는 엘리엇의 조상들이 살던 잉글랜드 서머싯 지방의 마을로, 17세기에 엘
리엇의 조상이 그곳에서 뉴잉글랜드로 이주했다.
33) 스코틀랜드의 비운의 여왕 메리 스튜어트의 좌우명, "내 끝에 내 시작이 있다(En ma
fin est mon commencement)"를 뒤집은 표현이다. 독실한 가톨릭 신자였던 메리 스
튜어트는 스코틀랜드 종교개혁과 귀족들의 권력 투쟁 와중에 왕좌에서 밀려난 후 사촌
인 잉글랜드 군주 엘리자베스 1세의 포로 신세가 되었다가 처형당했다. 성공회에 속하
지만 가톨릭 전통을 적극 받아들인 '앵글로 가톨릭' 교파였던 엘리엇은 자신의 조상들
이 살던 공간과 시간으로 되돌아가면서 메리 스튜어트에게 경의를 표하고 있다.

땅은 벌써 살, 털, 똥,

사람과 짐승의 뼈, 옥수숫대와 잎사귀.

집들이 살고 죽는다. 지을 때가 있고[34]

또 생활의 때와 생육의 때가

또 덜컹거리는 유리창을 바람이 깰 때가

또 나무 벽판을 흔들 때가, 들쥐 토닥토닥 다니던 그곳을

또 너덜너덜한 벽걸이 말없는 가훈 새긴 그것을 흔들 때가.[35]

내 시작에 내 끝이. 지금 빛이 내리쬔다[36]

트인 벌판에 온통, 저 우거진 오솔길은 이 오후,

나뭇가지로 덧문 닫고, 어둠에 잠기게 놔두고,

거기로 화물차[37] 지나갈 때 길섶에 기대니

우거진 오솔길은 고집스레 마을 쪽

길을 권한다, 전류 같은 더위에

마취된 채. 뜨듯한 아지랑이 속 후텁지근한 햇빛을

회색빛 돌이, 반사가 아니라, 흡수한다.

텅 빈 침묵 가운데 달리아꽃들 잠들어 있다.

---

34) 이 시행과 다음 행에서 엘리엇은 자신의 초기작 「프루프록의 사랑 노래The Love Song of J. Alfred Prufrock」를 다시 떠올리고 있다. 이 초기작에서처럼, 고대 그리스 시인 헤시오도스(기원전 8세기경)의 『일과 날Erga kai Hēmerai』과 『구약성서』 「전도서」 3장이 이 시행들의 이면에 깔려 있다.

35) "말없는 가훈"은 엘리엇의 조상 중 한 사람의 좌우명, "tace et face(입 닫고 실행하라)"를 가리킨다.

36) 이어지는 대목은 시인 본인이 이스트 코커 마을을 여행한 체험을 서술한 것이다.

37) "화물차"는 과거로 돌아가는 시인의 현재 시점이 기계 문명을 자랑하는 20세기임을 상기시킨다.

이른 부엉이를 기다리라.

　　　　　저 펼쳐진 들판에서
너무 가까이만 안 가면, 너무 가까이만 안 가면,
여름 밤 자정이면, 음악 소리 들린다
비실비실 피리 소리, 또 자그마한 북 소리
또 모닥불 주위로 그분들 춤 보인다
남과 여가 회합하여[38]
춤을 추나니, 그 연유는 혼인식이라—
참으로 근엄하고 또 넉넉한 성례라.
둘씩 둘씩, 필요불가결한 결합이라,
각자 서로 손이나 팔을 잡나니
이는 화합의 징표라. 불 주위로 돌고 돌며
껑충 불길 사이 건너뛰다가, 또 한데 둥글게 모이다가,
촌사람답게 근엄하다가 또 촌사람답게 깔깔거리다가,
둔탁한 신발 신은 묵직한 발들 번쩍 들며,
발바닥엔 흙, 발바닥엔 옥토, 시골풍 흥에 겨워,
대지 밑에 오래전 묻힌 이들의 흥

---

38) 이 행에서 이어지는 다섯 행까지는 엘리엇과 이름이 같은 조상인 토머스 엘리엇 경(Sir Thomas Elyot)이 지은 책 『다스리는 자를 위한 책 The Boke named the Gouvernour』 (1531)을 인용하며 16세기 당시의 철자법과 표현을 그대로 구사하고 있다. 엘리엇 경은 "남과 여의 회합이 결혼식을 의미하듯이, 나는 이 성례의 위엄과 유익함을 밝히는 데만 책을 여러 권 쓸 정도로 할 말이 많다"고 쓰고 있다. 원문의 고풍스러운 어투를 어느 정도 반영해 옮김으로써 이 효과를 재구성해보았다.

곡식 살찌우며. 때를 맞추며[39]

춤 속에서 장단 맞추며

사는 계절 따라 사는 이들답게

계절의 때와 별자리의 때

젖 짤 때와 추수할 때

남자와 여자가 짝지을 때

또 짐승들 짝지을 때. 발들 올렸다 또 내렸다가.

먹다가 또 마시다가. 똥거름 또 죽음.

동트는 표시, 또 새날[40]

열기와 침묵 준비해. 저 바다에선 동트는 바람

쭈그러들고 미끄러져. 나 여기에

또는 거기에, 또는 다른 곳에. 내 시작에.

2

무슨 짓거리인가 늦은 11월이

봄날의 소란을 피우고

---

39) "때를 맞추며"의 원문은 "keeping time"이다. '박자를 맞춘다'는 의미도 있고 '시간을 계산한다'는 뜻도 있다. 42쪽 각주 5) 참조.

40) 이 행과 그다음 행은 단테의 「연옥」 1곡 112~14행을 불러온다. 극중 단테는 하늘이 보이지 않고 해가 뜨거나 지지 않는 지옥에서 벗어나서 오랜만에 동이 트는 광경을 본다. "동이 트며 아침 시간을 눌러 이기니/아침은 그 앞으로 도주하고, 저 멀리에서/물결이 파르르 떠는 것을 알아볼 수 있었다"고 단테는 노래한다.

여름 더위에나 나올 생물들이며,

또 발바닥 밑에 흰 봄 눈꽃[41] 오글거리고

접시꽃은 욕심 과하게 빨강에서 회색으로

솟아오르다 굴러 떨어지고

늦은 장미꽃 이른 눈을 가득 품다니?

별들이 굴러가며 굴리는 천둥은

개선 행렬 마차 흉내 내며

별자리 전쟁에 투입되어

전갈자리는 해와 맞서 싸우다가

해와 달이 침몰하니

혜성들 슬피 울고 사자별똥별 날아가서[42]

하늘과 벌판으로 사냥 다니고

빙빙 돌며 소용돌이치며 이 세상을

저 파괴의 불로 이끌 것이니

불에 이어 만년설이 다스릴 것이라.

이렇게 한번 표현해보았으나—별로 만족스럽지 않다.

---

41) "흰 봄 눈꽃"의 원문은 "snowdrops"로 봄에 피는 흰 꽃이다.
42) "사자별똥별"의 원문은 "Leonids"로, 사자자리(Leo)에서 나오는 것처럼 보이는 별똥별들이다. 이러한 별들의 반란은 천사장 루시퍼가 여호와에게 반역한 후 사탄이 된 사건에 대한 암유이기도 하다. 『구약성서』 「이사야서」 14장 12~15절, "너 아침의 아들 계명성이여 어찌 그리 하늘에서 떨어졌으며 너 열국을 엎은 자여 어찌 그리 땅에 찍혔는고, 네가 네 마음에 이르기를 내가 하늘에 올라 하나님의 뭇별 위에 나의 보좌를 높이리라 내가 북극 집회의 산 위에 좌정하리라, 가장 높은 구름에 올라 지극히 높은 자와 비기리라 하도다. 그러나 이제 네가 음부 곧 구덩이의 맨 밑에 빠지우리로다" 참조. 아울러 이 대목은 엘리엇이 이 작품을 쓸 당시 런던과 영국의 하늘을 돌며 폭탄을 퍼붓는 독일 전투기들의 "파괴의 불," 또한 그들과 맞서 공중전을 벌였던 영국 전투기의 싸움을 떠올린다.

낡고 해어진 작시법의 완곡어법 시도,
여전히 뭔가 참을 수 없이 씨름하게 만든다
말들과 뜻들과. 시 자체야 무슨 상관이랴.
그것은 (다시 시작하자면) 기대했던 바는 아니다.
오래 고대하던 것의 가치란 게 뭐 있겠나,
오래 희망하던 평안, 가을 같은 평정
또 세월 무르익은 지혜란 것이? 그들이 우릴 속인 것인가,
아니면 자신들을 속인 것인가, 목소리 잠잠한 노스승들,
우리에게 물려준 것은 고작 속임수 지침서?[43]
그 평정이란 신중히 꾸며낸 둔감함일 뿐,
죽은 비밀들이나 아는 지혜일 뿐
이들이 삐죽 들여다본 그 어둠 속에선 쓸모없어
아니면 그 어둠을 피해 눈들 돌리셨나. 가만 보면,
기껏해야 제한된 가치밖에 없다
경험에서 파생된 지식이란 것에는.
그 지식은 짜인 틀을 덧씌우고, 또 위조한다,
틀이란 매 순간 새것이기에
또 매 순간은 새것이고 또 충격적으로
이제껏 우리 삶을 모조리 견적 내기에. 우리를 속이지
못하는 것들은 오직 속이되, 더는 해하지 못하는 것들뿐.
중간에서, 갈 길의 중간에서뿐 아니라[44]

---

43) "지침서"의 원문은 "receipt"이다. 이 말은 '영수증'이 아니라 '조리법(recipe)'의 의미
로 쓰인 단어이다.
44) "갈 길의 중간"은 단테의 「지옥」 1곡의 첫 3행, "우리 인생길 한가운데에서/어쩌다 난

갈 길 내내, 어두운 한 숲속에서, 가시나무 사이에서,

그림픈 수렁[45] 가장자리, 안전히 발 디딜 데 없는 그곳,

또 도깨비들, 착시 불빛에 협박당하며,

마법에 홀릴 위험 감수하며. 난 그 소리 듣기 싫다

나이 든 사내들의 지혜니 뭐니, 대신 말하라 그들의 어리석음을,

그들이 두려움과 난리법석을 두려워함을, 소유하기 두려워함을,

서로에게, 또는 남들에게, 또는 하느님에게 속하기 두려워함을.

우리가 얻기 바랄 지혜란 오로지

겸손의 지혜뿐, 겸손은 한이 없으니.

저 집들 모조리 바다 밑으로 들어갔네.

춤추던 그들 모조리 언덕 밑으로 들어갔네.

3

아 어둡고 어둡고 어두워.[46] 그들 모두 어둠 속으로 들어간다.

한 음침한 숲속에 와 있었네/올바른 길에서 벗어난 탓에"를 연상시킨다.

45) grimpen: 코난 도일의 장편소설 『바스커빌 가문의 사냥개*The Hound of the Baskervilles*』에 나오는 위험한 늪의 이름이다. 엘리엇은 코난 도일의 탐정소설을 탐독했다고 전해진다.

46) 이 대목에서 우리는 엘리엇 선조와 메리 스튜어트의 시대인 16세기에서 청교도 혁명의 시대인 17세기로 넘어왔다. 눈이 먼 시인 존 밀턴John Milton의 『고뇌하는 삼손 *Samson Agonistes*』의 다음과 같은 구절(80행과 86~87행)이 메아리치는 시행이다. "아 어둡고, 어둡고, 어둡구나, 타오르는 달빛 밑에서도…… 태양이 내게는 어둡고/달

별 사이 빈 공간들,[47] 빈 것으로 들어가는 빈 것들,

대장들, 상업은행가들, 저명한 문필가들,[48]

통 큰 예술 후원자들, 정치가와 지배자들

탁월한 공직자들, 여러 위원회 의장님들

산업계 귀족들과 조무래기 업자들, 모조리 어둠으로 들어간다.

또 어둡구나 해와 달도, 유럽 왕실 연감[49]도

또 어둡구나 증권가 뉴스도, 등기이사 명부도,

또 차갑구나 감각은 또 잃었구나 행동이 동기를.

또 우리 모조리 이들과 함께 가는구나, 말없는 장례식으로,

고인 없는 장례식, 묻힐 사람 아무도 없기에.

내 영혼에게 나는 이르기를, 잠잠하라, 또 다가오는 어둠을 피하지

말라

그 어둠은 하느님의 어두움이니.[50] 마치, 극장 안에서[51]

또한 침묵한다."

47) 엘리엇이 기독교 사상가로 높이 평가한 블레즈 파스칼의 『팡세Pensee』 91번, "그 무한
한 공간들의 영원한 침묵은 나를 두렵게 한다"를 연상시키는 표현이다.

48) 여기서부터 이어지는 세 행은 『신약성서』 「요한계시록」 6장 12~16절의 다음 구절들
이 저변에 깔려 있다. "내가 보니 여섯째 인을 떼실 때에 큰 지진이 나며 해가 총담같
이 검어지고 온 달이 피같이 되며 하늘의 별들이 무화과나무가 대풍에 흔들려 선과실
이 떨어지는 것같이 땅에 떨어지며 하늘은 종이 축이 말리는 것같이 떠나가고 각 산과
섬이 제자리에서 옮기우매 땅의 임금들과 왕족들과 장군들과 부자들과 강한 자들과 각
종과 자주자가 굴과 산 바위틈에 숨어 산과 바위에게 이르되 우리 위에 떨어져 보좌에
앉으신 이의 낯에서와 어린 양의 진노에서 우리를 가리우라."

49) "유럽 왕실 연감"의 원문은 "Almanach de Gotha"이다.

50) 『구약성서』 「시편」 62편 5절, "나의 영혼아 잠잠히 하나님만 바라라 대저 나의 소망이
저로 좇아 나는도다" 참조.

51) 엘리엇은 1934년에 가면극 「반석」 제작에 참여한 것 외에도, 1935년에는 본인의 본격
적인 운문 희곡인 「대성당 살인」(1935)을 성공리에 무대에 올렸고, 1939년에는 「가족
재회The Family Reunion」를 써서 공연했다. 제2차 세계대전이 끝난 후 다시 연극 대

102

조명 꺼지고, 장면 바꾸느라

무대 뒤 좌우편 휑한 우르르 소리, 어둠 위로 움직이는 어둠 소리,

또 우린 안다 언덕과 나무도, 멀찍이 펼쳐진 파노라마도

또 우쭐 거드름 떨던 파사드도 모조리 거둬 치우는 중임을——

아니면 마치, 런던 지하철 열차가, 지하 구간에서, 역과 역 사이,

너무 오래 머무를 때

대화가 솟았다 느릿느릿 스러져 침묵이 되고

또 둘러보면 얼굴마다 그 뒤로 정신의 공허함 깊어지며

남은 것이란 생각 거리 없기에 커져가는 공포뿐,

아니면 마취 상태에서, 의식은 있으나 의식할 거리 없을 때처럼——

내 영혼에게 나는 이르기를, 잠잠하라, 또 소망 없이 기다리라

소망은 그릇된 것들에 대한 소망이리니, 사랑 없이 기다리라

사랑은 그릇된 것들에 대한 사랑이리니. 아직 믿음은 있으나

믿음과 사랑과 소망은 모두 기다림 속에 있는 것.[52]

생각 없이 기다리라, 너는 아직 생각할 채비 되지 않았으니.

그리하여 어둠이 빛으로, 잠잠함이 춤사위로 변하도록.

흐르는 시냇물의 속삭임, 또 겨울철의 번갯불.

눈에 띄지 않는 야생 타임과 야생 딸기,

정원에서 들리는 저 웃음소리, 메아리치는 환희

놓친 것이 아니라, 요청할 뿐, 그 눈치에 담긴 뜻은

본을 쓸 정도로 연극 무대는 그에게 매우 친숙한 공간이었다.

52) 『신약성서』 「고린도전서」 13장(소위 '사랑 장') 전체 및 마지막 절, "그런즉 믿음, 소망, 사랑, 이 세 가지는 항상 있을 것인데 그중에 제일은 사랑이라" 참조.

죽음과 탄생의 고뇌.

　　　　　　　그대는 말하겠지 내가 반복한다고
내가 이미 전에 한 말들을. 나는 다시 그 말 하리라.
내가 다시 그 말 해봐? 거기에 이르려면
네가 있는 거기에 이르려면, 네가 없는 거기에서 떠나려면[53]
　너는 그 길 아무 환회 없는 길로 가야 한다.
네가 알지 못하는 바에 이르려면
　너는 그 길 곧 무지의 길로 가야 한다.
네가 소유하지 못한 그것을 가지려면
　너는 소유 상실의 길로 가야 한다.
네가 아닌 그것에 이르려면
　너는 그 길 곧 네가 아닌 길을 통해 가야 한다.
또 네가 알지 못하는 바만이 네가 아는 바요
또 네가 가진 것은 네가 갖지 못한 것이요
또 네가 있는 그곳은 네가 없는 곳.

---

53) 여기에서 이 연 끝까지는 엘리엇에게 크게 감명을 준 '십자가의 요한'의 『카르멜 산 오
르기The Ascent of Mount Carmel』에서 하느님의 영광이 넘쳐나는 '완성의 산'을 묘사
한 표현을 원용하고 있다. 『카르멜 산 오르기』 1권 13장에서 운문으로 정리된 가르침
은 다음과 같다. "당신이 갖지 못한 것을 즐기려면/당신이 즐기지 않는 길로 가야만 합
니다./당신이 갖지 않은 지식에 이르려면/당신이 알지 못하는 길로 가야만 합니다./당
신이 갖지 않은 바를 소유하려면/당신이 소유하지 못한 길로 가야만 합니다./당신이
아닌 그곳에 이르려면/당신이 아닌 그 길로 가야만 합니다."

4⁵⁴⁾

다친 의사는 연신 철제 도구 움직여[55]
탈 난 부위에 물음을 던지네.
피 흐르는 그 손 밑 우린 느끼네
치유하는 의술의 예리한 연민을,
체온 차트의 수수께끼 풀어냄을.

우리의 건강은 오직 저 질병뿐
우리가 죽어가는 간호사께 순종한다면
그가 늘 살피는 바는 기분 좋은지가 아니라
우리와 또 아담의 저주를 기억하게 함이며,
또, 나아 회복되려면, 우리 병이 더 깊어져야 함이며.

이 지구 전체는 우리의 병원
기부금을 낸 이는 망한 백만장자,[56]
거기서, 우리가 잘 처신하면, 우리는
죽으리라 절대적 부성애의 보살핌 덕에

---

54) 4장의 시 형식은 이탈리아 칸초네canzone를 모방한 'ababab' 각운을 만드는 정형시
   이다. 이 운율을 최대한 살리는 데 중점을 두고 옮겼다.
55) "다친 의사"는 십자가에 못 박힌 예수 그리스도로 해석할 수 있다.
56) "망한 백만장자"는 엘리엇 본인도 시인하듯 최초의 사람 아담을 뜻하지만, 타락한 천
   사장 사탄으로 해석하는 이들도 있고, 제2차 세계대전을 야기한 자본주의의 파산을 가
   리킨다고 보기도 한다.

우리를 놔두지 않고, 모든 길 미리 막는 그 덕에.[57]

냉기는 발에서 무릎으로 올라오네,
열병은 정신의 전선줄로 노래하네.
몸 녹이길 원하면, 나 얼어야만 하고
또 냉랭한 정화의 불에서 부르르 떨어야 하리니,
그 타오르는 불길은 장미꽃이요,[58] 또 그 연기는 들장미.

뚝뚝 떨어지는 피만이 우리의 마실 것,
유혈 낭자한 살만이 우리의 먹을 것.
그럼에도 우리는 생각하고 싶어 하니,
우린 멀쩡하다고, 튼실한 살과 피라고—
다시, 아랑곳 않고, 우린 이 금요일을 성스럽다 하고.[59]

5

그래, 나 여기 있다, 길 중간에, 이십 년 시간을 보내고—

---

57) "미리 막는"의 원문은 한 단어, "prevent"이다. 엘리엇은 이 말을 '앞서서 미리 예측하다'라는 뜻과 '방해하다'라는 뜻이 같이 섞인 16~17세기적 의미로 사용하고 있다.
58) 장미의 상징적인 의미에 대해서는 24쪽 각주 13) 참조.
59) 이 시는 1940년 성금요일에 발표되었고, 시의 정점에 십자가에서 인간을 위해 살과 피를 내어준 예수 그리스도를 '먹고 마시는' 성만찬의 의미를 강력한 이미지로 부각시키고 있다.

이십 년 대부분 쓰레기가 된, '두 전쟁 사이'[60] 그 세월들—

말을 쓰는 법 배우려 하며, 또 그런 시도는 매번

전혀 다른 시작이며, 또 다른 식의 실패이니,

왜냐하면 사람이 말을 이기는 걸 배운 경우란

더 이상 할 말이 없을 때거나, 더 이상

말할 뜻이 없는 지경일 뿐. 그러니 감행할 때마다

새로 시작한다, 말 안 됨을 습격하고

남루한 도구 들고 늘 쇠락하는 그것들을

불분명한 감성이 엉망으로 뒤섞인 와중에서,

훈련받지 않은 정서의 대열 사이에서. 또 무슨

힘으로 눌러 정복할 거리란, 이미 발견된 것들,

한두 번, 아니면 여러 번, 그 발견자들은 우리가 감히

겨뤄보기 힘든 이들—하지만 경쟁은 무슨 경쟁—

오직 잃은 것들 되찾자는 싸움만 할 뿐[61]

또 찾았다 다시 잃고 또 잃은 그것들을. 게다가 지금, 상황은

불길해 보이니. 하지만 얻은 것도 잃은 것도 아닐지도.

우리의 몫은 오직 시도하는 것. 나머진 우리 알 바 아니다.

---

60) 따옴표 부분의 원문은 프랑스어, "l'entre deux guerres"로 쓰여 있다. 프랑스어로 멋 부리는 지식인들의 태도를 비꼬려는 의도로 해석할 수 있다.

61) 엘리엇의 가장 유명한 비평문인 「전통과 개인의 재능Tradition and the Individual Talent」(1920)에서부터 일관되게 주장해온 엘리엇의 문학 및 예술관이다. 위대한 과거 의 대시인(가령 단테)과 현대의 시인은 '경쟁'을 할 수 없고 다만 과거 대시인의 위대 성을 다시 '발견'하고 되살려보려 시도할 수 있을 뿐이다. 현대적 예술의 의미는 바로 그러한 (불가능한) 시도에 있다.

집이란 우리가 출발한 그곳. 나이를 먹어가며
세상은 점점 생소해진다, 더 복잡하게 꼬여가는
죽은 자와 산 자의 표본 때문에. 무슨 강렬한 한 순간이
홀로 떨어져, 그 이전과 이후가 없는 것이 아니라,
매 순간 내내 타오르는 한 생애
또 무슨 한 사람 살아온 때만이 아니라
판독할 수 없는 오래된 돌들의 삶.
때가 있다 별빛 아래 저녁때,
등잔 밑 저녁때가
(사진 앨범과 함께하는 저녁).
사랑이 제일 제 모습다운 경우는
지금과 여기가 더는 상관없을 때.
늙은 사내들은 마땅히 탐험가여야 한다
여기건 저기건 상관없이
우리는 여전해야 하고 또 여전히 움직여야 한다
또 다른 강렬함 속으로
더 넓게 하나 되도록, 더 깊이 한 몸 되도록[62]
저 어두운 냉기와 저 텅 빈 폐허 지나,
파도가 외치네, 바람이 외치네, 저 거대한 물살
바다제비와 쇠돌고래[63]의 터전. 내 끝에 내 시작이.

---

62) "깊이 한 몸 되도록"은 "a deeper communion"의 번역이다. 이 표현을 성만찬의 의미로 해석했다.

63) "바다제비(petral)"는 기독교 교회의 첫 지도자 사도 '베드로Petrus, Peter'를 뜻하고 "쇠돌고래(porpoise)"는 예수 그리스도의 상징으로 해석할 수 있다. 마지막 행은 바다와 물이 큰 역할을 하는 세번째 '사중주' 「드라이 샐베이지스Dry Salvages」를 예고한다.

사중주 네 편, 제3

드라이 샐베이지스[64]

(드라이 샐베이지스Dry Salvages는 아마도 레 트루아 소바주les trois sauvages란 뜻일 듯한데, 매사추세츠주 케이프 앤 해안 북동쪽에 위치한 암석들의 작은 무리로, 그 위에 안내등이 하나 있다. 샐베이지스Salvages 는 어수에이지스assuages와 각운이 맞게 발음한다.)

1

나는 신들에 대해서는 아는 게 많지 않지만, 저 강은[65]
강직한 누런 신이라 생각한다―뚱하고, 야생 그대로라 다루기 힘든,
다소 침착하긴 하고, 처음엔 국경선으로 인정했고,
유익하나, 상업의 운송자로선, 미덥지 않은 편,

---

64) 1941년에 쓴 「사중주 네 편」의 세번째 작품이다. 엘리엇이 직접 단 제목 해제는 원문 제목 바로 아래에 있기에 그 위치 그대로 두었으나, "groaner"를 설명한 짧은 언급은 해당 표현이 나오는 곳으로 옮겼다. 이 지명이 왜 'dry'냐에 대한 엘리엇의 추측은 그의 친척인 미 해군 모리슨 제독Admiral Morison에 의해서 정정된 바 있다. 모리슨에 따르면 바닷물이 빠질 때 암초의 윗부분이 드러나기에 '마른'의 의미로 'dry'라고 했다고 한다. 엘리엇은 어린 시절부터 여름철을 늘 이곳 매사추세츠 북부 지방 케이프 앤 해안 별장에서 보냈고, 엘리엇의 요트 항해 솜씨도 수준급이었다고 한다. '드라이 샐베이지스'가 있는 이 해안은 파도가 세고 암초가 많아 난파된 선박들이 많았다.

65) 이 "강"은 미시피 강을 가리킨다고 엘리엇이 강연에서 밝힌 바 있다. 엘리엇이 태어난 도시이고 어린 시절과 청소년기에 여름을 제외한 계절을 보낸 세인트루이스는 미시시피 강가의 주요 도시 중 하나이다. 미시시피 강도 매사추세츠 북쪽 해안 못지않게 홍수 때마다 무시무시한 재난을 초래하곤 했다. 이 시는 제목부터 시작해서 이렇듯 격한 바다와 강물의 파괴력을 주요 모티프로 택한다.

그땐 그저 다리 건축자들을 가로막는 문젯거리.
그 문제 풀리고 나니, 누런 신은 거의 잊힌 존재
도시에 사는 이들에겐—늘, 하지만, 무자비해,
제철 따라 격분하는, 파괴자, 일깨워주는 자
인간들이 잊고자 하는 바들을. 존중 못 받고, 섬김도 못 받아
기계를 숭배하는 자들에겐, 하나 기다려, 지켜보며 기다려.
그의 리듬은 아기 자장가에 담겨 있었다,
사월 현관 앞마당 무성한 가죽나무에도,
가을 식탁 위 포도알 향기에도,
또 겨울 가스등 밑 저녁 모임에도.

강은 우리 안에, 바다는 우리 주변 사방에 있어,
바다는 땅의 모서리이기도, 화강암에
와 닿는 바다, 해변에다 내던지는
더 오래된 또 다른 피조물의 자취들.
불가사리, 대게, 고래의 등뼈.
웅덩이들이 우리 호기심 부추겨 보여주는
더 섬세한 해조류와 말미잘.
바다는 우리의 상실을 내던지네, 찢어진 후릿그물,
산산조각 난 가재 통발, 뚝 부러진 노
또 이방인 죽은 자들의 장비를. 바다는 목소리 많아,
신들이 많아 또 목소리 많아.

소금기 들장미에 묻어나고,[66]

안개는 전나무 숲 가운데 있네.

바다의 울부짖음과

바다 으르렁댐은, 서로 다른 목소리들

자주 같이 들리긴 해도. 끽끽 징징대는 돛대 줄,

파도는 협박하고 달래며 물살 가르고,

멀리 부딪치는 파도는 화강암 이빨 갈듯.

또 다가가는 곳은 통곡하며 통보하니

모두 다 바다 목소리들, 또 들썩 뜨는 경고음 부표[67]

항구 향해 돌아갈 때, 또 갈매기들도.

또 말없는 안개 짓누르는 그 밑에서

딩딩 종소리[68]

시간 재어보나 우리 시간 아니라, 종 치는 자는 느긋해

치솟는 큰 파도, 그 시간은

크로노미터[69] 시간보다 더 늙은, 근심

걱정하는 여인들이 세는 시간보다 더 늙은 시간,

누웠으나 잠 못 들어, 앞날 세어보느라,

실타래처럼 둘둘 엉킨 뜨개질 매듭 풀어보느라.[70]

---

66) "장미"는 「번트 노튼」의 장미 정원을 연상시키나, 여기서는 야생 장미여서 바다 소금이 묻어난다.

67) "경고음 부표"는 "groaner"의 번역이다. 엘리엇이 제목 해제에서 이 특수한 용어를 설명해준 바에 따랐다.

68) 이 "종소리"는 험한 물살을 경고하는 부표에 달린 종이 내는 소리를 가리킨다.

69) chronometer: 천문 관측이나 항해 등에 쓰던 휴대용 태엽 시계로, 온도·기압·습도의 영향을 받지 않는다.

70) 이 시행에서 오디세우스를 기다리는 페넬로페 신화에 대한 언급을 읽어내고자 하는 평자들도 있다. 페넬로페는 트로이 원정길을 떠난 후 생사를 모르는 남편을 기다리며, 자

과거와 미래 조각들 맞춰보느라,

자정과 여명 사이, 과거는 온통 기만인 그때에,

미래는 미래 없고, 파수꾼이 아침을 기다리듯[71]

시간 멈추고 또 시간 전혀 끝나지 않는 그때,

또 치솟는 큰 파도, 이는 태초부터 있고 또 있었던 것,

땡땡

종소리.

2

어디 거기 끝이[72] 있나, 소리 없는 통곡에[73]

말없이 시드는 가을꽃들

신을 유혹하는 남정네들을 따돌리느라 뜨개질을 했다 풀었다 하길 멈추지 않는다.

71) 원문은 "파수꾼…… 기다리듯"으로 시작하는 「시편」 130편 구절을 성공회 기도서에 있는 표현 그대로 인용하고 있다.

72) "끝"의 문제는 「이스트 코커」의 주제 중 하나였다. 반면에 이 세번째 '사중주'에서는 '끝'과 '시작'이 하나 됨의 경지가 아니라, 끝없는 고통의 지속을 의미한다. 이 끝없음의 고통은 역사를 단절시킨 예수의 성육신, 수태고지라는 '시작'이자 '끝'으로 극복된다.

73) 2장의 첫 여섯 연에서 엘리엇은 '세스티나sestina'라는 프로방스 시 형태를 엄격하게 적용하고 있다. 「성회 수요일」에서 등장했던 아르노 다니엘(30쪽 각주 25) 참조)이 개시한 이 시행은 각 연의 각운이 다른 연에 그대로 또는 위치를 바꾸어 반복되는 정교한 양식으로, 단테가 『새로운 삶Vita Nuova』에서 이 형식을 이탈리아어 시작법으로 정착시켰고 페트라르카가 그 뒤를 이었다. 영시 전통에서는 다소 생소하고 예외적인 형식인 세스티나를 엘리엇은 각 연 각 행의 각운을 똑같이 맞추는 방식으로 구현함으로써, 다니엘에게 경의를 표하고 있다. 시 형식이 유난히 중요한 이 부분을 의미로만 번역하는 것은 합당치 않으나, 언어 체계가 전혀 다른 한국어로 세스티나를 그대로 재현하는 것은 불가능하다. 그럼에도 이 의식적인 음악성을 무시할 수 없어 이 '세스티나' 부분 번역에서 각운 효과를 내보려 시도했다.

제 꽃잎들 뚝뚝 떨구며 꼼짝하지 않아,
떠다니는 잔해 어디 거기 끝이 있나
해변가 뼈의 기도, 재앙의 잉태 알리는
천사 앞 기도 못 할 기도에?

거기 끝은 없어, 다만 첨가될 뿐, 날들의
또 시간의 이어짐이 야기한 여파일 뿐,
감정이 감정 상실 떠안아
여러 해 살다 보니 망가진 것들 사이에서
그것들은 가장 믿음직하다 믿었던—
따라서 단념하기 제일 적합한 것들.

거기 있는 것은 마지막 첨가, 힘들의
망가짐에 망가진 자존심 또는 원한,
연줄 없는 헌신이 헌신 아님으로 보일지 모르나,
보트 한 척 느릿느릿 물 새며 떠다니다,
말없이 듣는 부인할 수 없는
요란한 종소리는 마지막 통지.

거기 어디 끝이 있나, 어부들 순풍에
돛 올려 항해하고, 안개 기죽어 움츠린 그곳?
우리는 대양이 없던 때나
대양에 버려진 물건 떠다니지 않거나,
과거가 그랬듯, 미래도 정처 없는

여정 되지 않으리라 생각할 수 없어.

우리 생각엔 그들이 끝없이 바닥 물 퍼내며 배의
출항과 인양에 여념 없어야 하리, 북동풍
변함없고 침식 없는 얕은 제방 위로 내려올 때
또는 자기들 돈 챙기고, 정박지에서 돛 말릴 때,
배 띄워 본전도 못 찾을, 조사받기 곤란한
화물 값도 안 될 일 없어야 하리.

거기 끝이란 없네, 목소리 없는 통곡에,
말라가는 꽃들 메마름의 끝없음,
고통 없고 동작 없는 고통의 움직임에,
바다의 해류와 표류하는 잔해에,
자기의 신 **죽음**에게 올리는 뼈의 기도에.[74] 겨우 되는
기도는 유일한 수태고지 그 기도.[75]

가만 보면, 나이 먹을수록,

---

74) 「횡한 자들」(특히 3장)을 돌아보는 시행이다. 뼈와 구원의 문제는 「황무지」 3, 5장,
「성회 수요일」 2장에서도 다룬 바 있다.
75) 이 "기도"는 「누가복음」 1장, 천사에게 메시야를 수태하게 되리라는 충격적인 소식을
들은 처녀 마리아가 천사에게 응답한 말, "주의 계집종이오니 말씀대로 내게 이루어지
이다"(38절)를 가리킨다. 「누가복음」 원전에서는 성령으로 잉태된 마리아의 태도는 곧
이어 보다 적극적인 찬미로 변한다. 그녀는 "내 영혼이 주를 찬양하며 내 마음이 하나
님 내 구주를 기뻐하였음"(47절)으로 시작하는 예언적인 시편의 저자로 변신한다. 라
틴어 성경에서 이 시의 첫 구절인 "Magnificat"는 서구 교회 음악의 주요 장르로 전해
져 내려왔고 서양 음악의 대가들이 이 가사로 작곡한 빼어난 작품들이 적지 않다.

과거가 다른 모양으로 변해, 더 이상 단순한 연속—

또는 발전으로도 보이지 않아, 후자는 부분적 오류

피상적인 진화 개념이 부추긴 것,

그게, 대중들은 생각하길, 과거와 의절하는 방편이 된다.[76]

행복의 순간들—잘 지낸다는 느낌,

결실, 실현, 안정감 또는 다정함,

또는 근사한 저녁상도 아니라, 한 순간의 깨달음—

우린 경험은 했었으나 의미는 놓쳤음을,

또 의미에 다가가면 경험이 다른 형태로

복원됨을, 우리가 행복에 배당할

무슨 의미건 넘어서. 나는 전에 말한 바 있다

과거 경험을 의미 속에 되살림은

한 생애의 경험에 그치는 것 아니라

많은 세대가 겪은 바라고—잊지 않을

아마도 사뭇 형언키 어려운 그 무엇,

기록된 역사의 확언 뒤편을 돌아보는

뒤로 눈길 반쯤 돌려

어깨 너머로, 원초적 공포 쪽 보는 눈길.

지금, 우린 발견하게 된다, 고뇌의 순간들도

(잘못 이해한 탓인지, 아닌지,

---

76) 히로시마와 아우슈비츠의 악몽을 아직 겪지 않았던 20세기 초 서구 사회를 지배한 '진보' '발전' '진화'에 대한 대중적 신뢰의 정도는 이후 시대가 상상하기 어려울 정도로 엄청났다. 히로시마와 아우슈비츠 자체가 이러한 과학적 '발전'에 대한 맹신의 결과임도 기억할 필요가 있다. 엘리엇은 평론을 통해 개종 전부터 일찍이 이와 같은 대중적 진보 · 진화론에 맞서 일관되게 '과거'의 중요성과 지속성을 강조해왔다.

그릇된 것들 바라다가 혹은 그릇된 것들 겁내다가,
그건 문제가 안 된다) 마찬가지로 영속적임을
시간이 갖는 그 영속성임을. 우린 이 점을 자신들의
경우보다 남들의 고뇌를, 가까이 경험하며,
우리도 관련될 때, 더 잘 인지한다.
이는 우리 자신의 과거는 행동의 물살로 덮여 있지만,
남들의 시달림은 하나의 경험으로 남아
뒤따른 마모로 조정되지도, 닳지도 않기에.
사람들 변하고, 또 미소 짓고, 하지만 고뇌는 그 자리 그대로.
파괴자 시간은 보존자 시간,[77]
마치 저 강처럼, 나르는 짐은 죽은 흑인들,[78] 암소와 닭장,
저 쓰디쓴 사과 또 사과 한 입 물어낸 자국.
또 안절부절 물길 속 너덜너덜 닳은 바위,[79]
파도들 그 위로 씻겨가고, 안개가 숨기니,

---

77) 영국 낭만주의 시인 P. B. 셸리Shelley의 「서풍에 바치는 송가Ode to the West Wind」의 시행, "거친 정령, 어디로건 움직이는 자,/파괴자이자 보존자, 들으시라, 아, 들으시라!"를 떠올리는 시행이다. 셸리의 서풍은 엘리엇에게서는 미시시피 강으로 전환되었다. 무신론자로서 세상의 혁명적 변화를 꿈꾼 셸리는 엘리엇과 정치적·신학적으로는 정반대 입장이지만 단테를 흠모한다는 점에서 공통점이 있다. 셸리는 「서풍에 바치는 송가」에서 단테의 『신곡』 시 형식인 '테르차 리마terza rima'를 영시에 완벽하게 적용한 바 있다.

78) "흑인들"의 원문은 "negroes"이다. 이 단어는 이 시대까지만 해도 흑인들을 지칭하는 일반적인 (딱히 비하하는 의미가 아닌) 말이었다. 흑인들이 열악한 저지대에 살다 보니 미시시피 강 홍수에 쉽게 희생된다는 점을 시사하지만, 동시에 이들을 "짐"으로 싣고 사고팔았던 역사도 소환되고 있다. 이를 다음 행의 에덴 동산의 원죄 사건을 연상시키는 "쓰디쓴 사과"와 연결함으로써, 노예 제도를 미국 역사의 '원죄'로 인정하고 있기도 하다.

79) 원문의 두운 "ragged rock in the restless"를 종성 '-ㄹ'에 담아보았다.

맑고 잔잔한 날에는 그저 기념비에 불과해,

배 띄울 날씨에는 언제나 바다 표지

항로 잡게 도와주니, 하지만 침침한 겨울철엔

또는 순간 화가 치밀면, 늘 그랬던 그것.

3

가끔 나는 이런 생각 든다, 크리슈나가 말한 게 그 뜻일까[80]—

다른 뜻들 있겠지만—또는 같은 걸 말하는 한 방식일까.

"미래는[81] 시든 노래, 왕실 장미 또는 라벤더 향수

아직 여기서 후회할 일 없는 자들을 아련히 후회하듯,

전혀 펼친 적 없는 책의 누런 페이지 사이 눌려 있다.

---

80) 엘리엇은 하버드 대학에서 인도 철학과 인도 문학을 공부한 바 있다. 그러한 학문적 경
력을 「황무지」 5장에 산스크리트어를 삽입시킴으로써 과시했던 엘리엇은, 완숙기에 쓴
대작 「사중주 네 편」에서는 인도 문학과 인도 철학(둘의 경계선은 느슨하다)에서 흔
히 볼 수 있는 철학적인 시, 모순으로 가득한 표현들과 교훈적 단상들이 이어지는 형식
을 주요 기법 중 하나로 채택했다. 크리슈나Krishna는 『바가바드기타Bhagavad-Gita』
에 나오는 육화된 신 비슈누Vishnu로, 그는 동족 상잔의 상황에서 적을 죽이러 전장
에 나가기 주저하는 아르주나Arjuna에게 과감히 행동하기를 촉구하는 충고를 한다. 죽
고 사는 것은 다 운명이고 윤회를 통해 다시 태어날 것이니 지금 당장 해야 할 일은 용
맹하게 싸우는 것이라는 내용의 이 충고를 엘리엇은 기독교적인 의미로 재해석해, '남'
의 삶을 위한 봉사와 헌신에서 나의 죽음과 희생의 의미가 있다는 논리를 전개한다. 본
인이 재해석해 변형했음을 인용에 앞서 "같은 걸 말하는 한 방식"이란 표현으로 밝히
고 있다. 이 작품을 쓰던 시기가 같은 유럽인끼리 잔혹한 학살을 벌이던 제2차 세계대
전 중이었기에, 엘리엇이 여러 산스크리트어 고전 중에서 동족 상잔을 다룬 『바가바드
기타』를 선택한 것임을 쉽게 짐작할 수 있다.
81) 이 부분부터 3장 끝의 "크리슈나 이렇게 말하네" 앞부분까지는 (엘리엇이) 재구성한
크리슈나의 발언이다. 원문에서는 콜론(:)으로 뒷부분이 인용임을 표시했지만, 한국어
는 구두점 관행이 다른지라 인용부호를 사용했다.

또 오름길은 내림길, 앞 향한 길은 뒤 향한 길.

그걸 차분히 대면할 수 없으나, 이것만은 확실하다,

시간은 치유하지 않음이, 환자는 더 이상 여기 없으니.

기차 출발하자, 또 승객들 자리 잡는다

과일, 잡지 또 비즈니스 편지 들고

(또 이들 배웅한 자들은 플랫폼을 떠났다)

이들의 얼굴에서 슬픈 기색 풀어져 안도하는 표정,

한 백 시간 치 졸리는 리듬에 맞춰진다.

앞 가거라,[82] 여행자들아! 과거에서 도주치 말고

또 다른 삶 속으로건, 무슨 미래 속으로건.

그대들은 저 기차역 떠난 같은 사람들 아니네,

또는 어떤 정거장에건 도착할 자들 아니고,

그대 뒤로 좁혀지는 철로 함께 미끄러지는 동안.

또 엔진 소리 북 치듯 둥둥대는 여객선 갑판 위

그대 뒤로 넓혀지는 물살 고랑 구경하며,

그대들은, '과거는 끝났다'고 생각지 말지니

또는 '미래가 우리 앞에 펼쳐진다'라고도.

해 질 녘 삭구(索具)와 안테나에서

목소리 하나 높은 가락 노래하길 (귀엔 안 들리지만,

시간의 조개껍질 속삭여, 그 어떤 언어도 아니지만),

앞 향해 가라, 여행하고 있다 생각하는 자들아,

그대들은 항구 멀어짐 보았던 그들

---

82) 원문은 "Fare forward"이다. '잘 가거라(Farewell)'를 변형시킨 이 특이한 표현의 특이성을 전달해보려 시도했다.

아니니, 배에서 내릴 자들도 아니고.
좀더 이쪽 또 좀더 저쪽 해안 사이 여기
시간이 물러나 있을 동안, 미래를 숙고하라
또 과거를 똑같은 마음으로.
행동도 무행동도 아닌 그 순간에
그대는 이 말을 받을 수 있으리, '어떤 존재의 영역에서건
사람의 정신은 전념할 수 있다
죽는 그때에'—이 한 행동이
(또 매 순간이 죽는 그때라)
다른 이들 삶 속에서 결실 맺으리라.
또 행동의 결실을 생각지 말고.
앞 가가라.
             아 여행자들이여, 아 선원들이여,
항구에 돌아온 자들이여, 또 그대들 몸으로
바다의 시련과 심판, 또는 무슨 사건이건
감내할 자들이여, 이것이 그대들의 진정한 목적지니라."
크리슈나 이렇게 말하네, 아르주나 타이를 때처럼
전투의 현장에서.
             잘 가거라가 아니라,
앞 가거라, 여행자들이여.

4

여인이시여, 당신의 성지 저 곳 위 서 있으니,[83]
배 탄 모든 이들 위해 기도하소서, 저들
물고기 거래하는 이들, 또한
온갖 정당한 교역에 관여하는 이들
또 그들 지휘하는 이들 위해.

  거듭 기도하소서 저 여인들 위해
아들 또는 남편 배 타고 떠날 때
배웅은 했으나, 돌아오질 않았으니,
필리아 델 투오 필리오,[84]
천상의 여왕이시여.

  아울러 기도하소서 배에 탔었으나, 결국

---

83) 여기에서 언급한 성지는 프랑스 남부 마르세유에서 지중해를 바라보는, 성모 마리아에
   게 헌정된 '노트르담 드 라 갸르Notre Dame de la Gard' 성당이라는 해석도 있고, 매
   사추세츠 케이프 앤 지역 글로스터에 항구를 바라보는 지대에 서 있는 (포르투갈 이민
   자들이 세운) 가톨릭 성당 '좋은 항해 지켜주는 성모 교회(Our Lady of Good Voyage
   Church)'로 보는 이들도 있다. 어떤 경우이건 4장의 성모 마리아는 2장에서 겨우 한
   줄짜리 기도로 대답했던 처녀 마리아와는 대조적으로, 성인 중 최고 성인의 지위에 올라
   지상과 천상을 매개하는 역할을 맡고 있다는 점이 중요하다. 4장의 형태는 「성회 수요
   일」2장을 연상시킨다. 성모 마리아의 여러 역할 중 하나가 뱃사람들의 수호성인이다.
84) Figlia del tuo figlio: 직역하면, "당신의 아들의 따님이시여"(마리아는 성육신된 아기
   예수의 어머니이나 왕이신 예수 그리스도의 종이기도 하기에)이다. 단테의 「천국」33
   곡, 1행에서 성 베르나르가 성모 마리아에게 기도하는 첫 행을 엘리엇이 이탈리아어
   그대로 인용했다. 원문의 이탈리아어가 워낙 음악적으로 정교한 조형물이라, 굳이 우
   리말로 옮기지 않았다.

항해는 모래에서 끝낸 이들 위해, 바다의 입술
또는 그들 토해놓지 않는 어둔 목구멍 속
또는 그 어디건 바다 종소리 닿지 않는 데서,
끊임없는 기도 종소리.[85]

5

화성과 교통하고, 심령들과 소통하기,
바다 괴물의 행태 보도하기,
별자리 운세 풀기, 내장이나 수정으로 점치기,
서명 필체로 병세 간파하기, 살아온
이력 손바닥 주름살에서 또 비극을
손가락들에서 소환해내기. 불길한 징조
제비뽑기나 녹차 잎으로 풀어내기, 불가피한
운명을 놀음 카드로 풀기, 5각형 마법이나
바비투르 산(酸)으로 재주 부리기,[86] 또는 자꾸 떠오르는
영상의 배 갈라 의식 이전의 공포 끄집어내기,
자궁, 무덤, 몽상 탐사하기[87]—이 모든 것들은 흔한

---

85) "기도 종소리"의 원문은 "angelus"이다. 천사 가브리엘의 수태고지를 기념하는 아침,
   점심, 저녁 기도를 뜻하기도 하고, 이 기도 시간을 알리는 교회 종소리를 의미하기도
   한다.
86) barbituric acid: 최면 효과가 있는 화학 물질.
87) 이 부분은 20세기 전반부에 위세를 떨친 정신분석학을 풍자하고 있다. 꿈이나 강박적
   인 영상의 반복이 의식 이전 또는 무의식 속에 자리 잡은 트라우마임을 밝혀내는 것이

언론의 소일거리이자, 마약, 또한 특징들,
또 늘 그럴 것이니, 이중 몇몇은 특히
더해, 민족들 곤경 겪고 곤고할 때는[88]
아시아 해안에서건 엣지웨어 로드에서건.[89]
인간들의 호기심은 과거와 미래 살펴보며
그 차원에만 대롱대롱 매달린다. 하지만
시간 초월이 시간과 교차하는 지점을
파악하는 그것은, 성자가 수행할 업무—
업무도 아니라, 단지 주어진 또 가져간
그 어떤 것, 한평생 사랑 속 죽음 속에서,[90]
열심에서 또 자신을 부인하고 또 자신을 버림에서.
우리들 대부분에게 있는 것이란
그저 방치된 순간들, 시간 안과 밖의 순간,
산만함의 발작, 햇살 비추면 사라지고,
눈에 안 띈 들꽃, 또는 겨울 번개
또는 폭포, 또는 너무 깊숙이 들려

정신분석가들 및 이를 적용한 정신과 의사들의 정신질환 '치료법'이었다.

88) 『신약성서』 「누가복음」 21장 25절, 말세의 징조를 설명하는 표현, "민족들이 바다와
파도의 우는 소리로 인하여 혼란한 중에 곤고하리라"를 인용하고 있다. 1941년 엘리엇
이 이 시를 쓰던 때의 상황은 일본이 아시아 해안과 군도의 서구 식민지들, 특히 싱가
포르, 말레이시아, 인도네시아, 필리핀 등을 위협하며 일촉즉발의 상황으로 치닫던 시
기이다. 이 해 12월에 일본은 진주만 공습과 말레이 반도 공격을 감행해 미국, 영국과
의 전면전을 개시한다. 이어지는 행의 "아시아 해안"은 이런 정황을 언급하고 있다.

89) Edgware Road: 런던 하이드파크에서 서북쪽으로 나 있는 주요 도로로, 런던의 지상
교통 및 지하철 교통 요충지 중 하나이다.

90) 「사중주 네 편」의 '수호성인'이라고 할 수 있는 '십자가의 요한'에 대한 언급이 담겨 있
다.

아예 들리지 않는 음악, 그러나 그대가 음악이다
음악이 계속될 동안엔. 이것들은 그저 암시며 추측일 뿐
암시에 뒤를 이은 추측, 또 그 나머지는
기도, 준행, 수련, 생각, 행동.
반쯤 추측한 암시, 반쯤 이해한 선물, 그것은 성육신.[91]
여기서 존재의 영역들 그 불가능한
연합이 실현되고,
여기서 과거와 미래는
정복되고, 화해하니,
아니면 거기서 행동은 그저 움직여진
것들의 움직임이었을 터
또 그 안에 움직임의 원천도 없이—
공중을 떠도는,[92] 땅에서 솟아난 세력들에
휘둘렸으리. 또 옳은 행동은 자유롭다
과거로부터 또 미래로부터도.
우리 대부분에겐, 이것이 목적이나
여기서는 절대 실현되지 않아,
우리가 패배하지 않았다면 이는 단지
우리가 줄곧 시도했기 때문.
우리, 마지막에 흡족하려면

---

91) 하느님의 아들이 나사렛 예수로 태어난 육화를 가리키는 말로 원문에는 대문자 "Incarnation"으로 되어 있다.
92) "공중을 떠도는"의 원문은 "dæmonic"인데, 그리스 신화에서 신과 인간의 중간 정도 되는 '보이지 않는 실체'들을 지칭하는 말이다. 이어지는 "chthonic(땅에서 솟아난)" 과 대조되는 의미로 쓰였기에 이와 같이 옮겼다.

우리의 시간 유산[93]이 가꿔야

(주목나무에서 너무 멀지 않게)

뜻깊은 땅의 삶을.

---

93) "유산"의 원문은 "reversion"이다. 특정 재산을 생전에만 소유할 수 있는 자격으로 갖고 있던 소유주(가령 과부)가 사망하면 그 재산이 적법한 상속자(장남)에게 가는 경우를 지칭하는 영국법의 용어이다. 임대 기간이 끝났을 때 부동산에 대한 권리가 다시 소유권자에게 가는 경우도 이 용어에 해당된다. 이 시에 이 개념을 적용하면 다시 되돌려줄 생명을 시간 속에서 누리고 있는 존재라는 의미일 수도 있고, 재산권을 '생명'으로 보고 이를 점유하던 주체가 '죽음'이라면, 성자의 성육신과 부활로 인해 영생을 바라보는 신자들에겐 죽음 자체가 영원한 것이 아니라 시간에 얽매인, 제한적인 것이라는 의미도 담겨 있다. 부활을 상징하는 "주목나무"가 다음 행에 등장하는 것이 이와 같은 신학적 해석의 단서이다.

사중주 네 편, 제4
리틀 기딩[94]

1

동짓달 봄 날씨는 자기만의 계절
해 질 무렵 흠뻑 젖어도 늘 한결같아
시간 유예된 채, 극점과 회귀선 사이에.
이때 제일 짧은 낮이 제일 밝아, 서리와 불길로,[95]
잠깐 비친 햇빛, 연못과 도랑 위 얼음 불태워,

---

94) 1942년 9월에 발표된 네번째이자 마지막 '사중주'이다. 그다음 해인 1943년에 네 편
을 모은 『사중주 네 편』이 출간되었다. 「드라이 샐베이지스」와 마찬가지로 제2차 세계
대전 기간, 런던을 위시한 영국에 독일군이 집중 공습을 가하던 시기에 쓰인 작품이다.
공습으로 인한 파괴, 화재와 연관된 불은 이 시의 주요 모티프 중 하나이다. 또 다른
모티프는 '기도'라고 할 수 있다. 『사중주 네 편』의 다른 '사중주'들과 마찬가지로 「리
틀 기딩」에서도 특정 지명이 제목에 등장하지만, '리틀 기딩Little Gidding'은 엘리엇의
개인 경험이나 가족사와 관련이 없는 지명이다. 이 이름은 보편적인 헌신과 기도의 공
동체를 상징한다. 리틀 기딩은 잉글랜드 케임브리지셔에 있는 작은 마을로, 1625년에
니콜라스 패러Nicholas Farrar가 성공회 공동체를 창설해 운영하던 곳이다. 패러의 공
동체는 기도와 노동, 자선에 헌신하고자 하는 가족들의 모임이었다. 이 공동체는 1647
년 영국 혁명 시기에 해체되었으나, 성공회 전통에서는 리틀 기딩이 기독교적 삶의 모
범을 보여주는 공동체의 상징으로 기억되었다. 엘리엇은 1946년에 리틀 기딩 교회 보
수 및 유지를 위해 결성된 "리틀 기딩 후원회"를 출범시키는 데 결정적인 기여를 했고
이 모임의 이사였다.
95) 이 시의 주요 모티프인 불이 등장하는 이 대목의 원문은 "frost and fire"로, 두운을 통
한 극명한 대조를 구현하고 있다.

바람 없는 냉기로, 이는 가슴의 열기,

물기 먹은 거울에 반사되는

번쩍이는 빛, 이는 이른 오후의 눈멂.

활활 타는 나뭇가지나, 숯 화로보다 더 강한 불빛,

우매한 정신 뒤흔들어, 바람 아니라 오순절[96] 불길

한 해 중 이 어두운 때에. 녹아내림과 얼어붙음 사이

영혼의 수액 파르르 떤다. 무슨 땅 냄새도

또는 산 것의 냄새도 없다. 이것은 봄철 시간

그러나 시간의 약정서엔 없다. 지금 산울타리는

한 시간쯤 하얗게 데쳐졌다 한 순간 만개한

눈으로, 이 만개함은 여름철보다 더

급작스러워, 꽃봉오리도 꽃 시듦도 없어,

생성의 계획서에 없는 그것.

여름이 어디 있나, 저 상상 못 할

영점 여름?[97]

　　　그대가 이쪽으로 온다면

아마 갈 법한 그 방향으로 길을 택하고

---

96) 오순절(pentecost)은 부활절 이후 일곱번째 주일로, 「사도행전」 2장 1~4절에 기록된 성령 강림 사건을 기념한다. 부활한 예수의 승천 이후 다락방에 모여 기도하던 제자들에게 예수가 약속한 성령이 찾아와, "불의 혀같이 갈라지는 것이 저희에게 보여 각 사람 위에 임하여 있더니 저희가 다 성령의 충만함을 받고 성령이 말하게 하심을 따라 다른 방언으로 말하기를 시작"한다. 시인 엘리엇에게는 '불'의 이미지뿐만 아니라, 예수의 제자들이 성령의 능력으로 새로운 언어 능력을 갖추게 된 점도 중요한 상징성을 띤다.

97) 원문은 "Zero summer"이다. 겨울과 여름의 모순적 결합을 표현한 강렬한 표현이다.

아마 올 법한 그곳에서 길을 떠나면,

그대가 이쪽으로 오월 계절에 온다면, 산울타리가 다시

하얘진 걸 보리라, 오월에, 주색 탐할 달콤함으로.

여행의 종착점에서도 마찬가지이리라,

그대가 끝장난 왕처럼[98] 밤에 온다면

그대가 뭣 때문에 온지 모르며 낮에 온다면,

마찬가지이리라, 거친 길에서 떠나

돼지우리 뒤편 돌아서 온다면, 덤덤한 정면으로

또 묘비 쪽으로. 또 그대가 온 이유라 생각하는 바는

그저 껍데기일 뿐이다, 의미의 겉껍질

거기서 목적을 꺼내려면 그것이 실현되고 나야

겨우 가능할까. 그대가 아예 목적이 없었거나

아니면 목적이 그대가 그려본 종착점 그 너머이거나

또 실현되며 변경됐거나. 저기 다른 곳들 있어

거기 또한 세상의 종착점, 삼킬 듯한 파도에도 좀 있고,

아니면 어둑한 호수 위, 사막에나 도시에—

그러나 여기가 제일 가깝다, 장소와 시간상,

지금 또 잉글랜드에서.

그대가 이쪽으로 온다면

아무 길을 택하건, 어디서 시작하건,

아무 때나 아무 계절에나,

---

98) 영국 혁명 시기에 의회파와 치열한 접전을 벌인 네이스비 전투(Battle of Naseby)에서 패배한 찰스 1세가 1645년 이곳 예배당에 와서 기도했다는 이야기가 전해진다.

늘 마찬가지이리라, 그대가 감각과 개념을

미뤄둬야 할 테니. 그대 여기 지금 있음은 입증하거나,

스스로 터득하거나, 호기심 채울 정보 얻거나

보고하려 함 아니다. 그대 여기 지금 있음은 무릎 꿇기 위한 것

기도가 유효했던 이곳에서. 또 기도는

질서 있는 말들, 기도하는 정신의 의식적

업무, 기도하는 음성 소리, 그 이상일지니.

죽은 자들이 표현할 말 몰랐던 바, 살았을 때는,

그걸 그들은 말해줄 수 있다, 죽었기에. 죽은 자들의

전언은 불로 혀가 된다 산 자의 말 저 너머로.

여기, 시간 떠난 순간의 교차점은[99]

잉글랜드 또한 아무 데도 아니다. 전혀 또한 항상.

2

한 노인의 소매에 앉은 재[100]

타버린 장미가 남긴 재는 그것이 전부.

---

99) '리틀 기딩' 예배당 입구 위에 적혀 있는 문구, "이곳은 하느님의 집이요 천국의 입구입니다"에 대한, 즉 시간을 초월한 영원 세계와의 만남에 대한 언급으로 볼 수 있다.

100) 「사중주 네 편」 마지막 작품인 「리틀 기딩」 2장에서 엘리엇은, 마치 베토벤이 9번 교향곡 마지막 악장에서 앞의 악장들을 다시 불러내듯, 첫 세 연에선 앞선 '사중주'인 「번트 노튼」과 「이스트 코커」와 「드라이 샐베이지스」의 이미지와 주제를 회고한다. 원작의 시 형식은 엄격한 이행 연구(couplet)를 따르기에, 그 음악성을 전달해보려 시도했다.

정지된 공기 속 먼지로
한 이야기 끝난 곳을 표시하고.
속 들이마신 먼지는 집 한 채—
벽들, 벽판 또 생쥐,
희망 또 절망의 죽음,
  이것은 공기의 죽음.

홍수 나고 또 가뭄도
눈에 흘러넘치고 입 속에도,
죽은 물과 죽은 모래
누가 이기나 다퉈대고.
속 비워낸 갈라진 흙이
힘든 노동의 허망함에 입 벌려
웃는 기쁨 없는 웃음.
  이것은 땅의 죽음.

읍내, 녹지와 잡풀
이들을 이어받은 물과 불.
우리가 부인한 희생을
비웃는 물과 불.
물과 불이 썩히리라
우리가 잊은 성소와 성가대석의
망가진 토대들을.

이것은 물과 불의 죽음.[101]

아침 이전 그 불확실한 시간에[102]
끝날 줄 모르는 밤 끝나갈 무렵
끝없음이 반복되는 끄트머리에
검은 비둘기 혀 널름널름[103]
제 귀환길로 수평선 넘어가버린 후
죽은 잎새들 깡통처럼 아직 달그락댈 동안
아스팔트 위 그 밖에 다른 소리 전혀 없는 거기
연기 솟아오르는 세 구역 중간
내가 만난 한 사람 걷다가 빈둥대다 서둘러

---

101) "희생"은 희생 제물로 자신을 바친 예수의 수난을 가리킨다. 이를 기념하는 성찬 예식의 장소들인 "성소"와 이를 칭송하는 "성가대석"은 "토대"임에도 근본을 부인하는 세속화된 영국 및 서구 사회에서는 심각히 망가져 있고 잊혀 있다. "물"은 세례의 물이요, "불"은 성령을 나타내기에, 둘 다 '죽어 있는' 이 지점에서 「사중주 네 편」 전체를 통틀어 가장 극적인 위기의 장면이 전개된다.

102) 이 부분에서 엘리엇은 단테의 『신곡』에 대한 경의를 시적으로 구현한다. 『신곡』의 시 형식인 '테르차 리마'를 엘리엇은 마지막 음절에 강세가 없는 '여성 종지(feminine ending)'와 마지막 음절이 강세를 받는 '남성 종지(masculine ending)'를 교차시켜 그 효과를 내려 시도했다. 또한 시행의 배치에서 각 3행의 두번째와 세번째 행을 들여 쓰기로 집어넣음으로써 단테의 시 형식을 모방하고 있음을 시각적으로도 강조하고 있다. 옮긴이는 각 시행 마지막에 받침이 없는 말과 있는 말을 교차시켜 이와 같은 엘리엇의 시도를 반영해보려 시도했다. 이 부분은 또한 탁월한 전쟁 시이자 도시 시이기도 하다. 히틀러의 공습이 연일 이어지던 1940년에서 1941년을 배경으로 택해, 당시 공습경보 자원봉사단으로 활동했던 엘리엇 본인의 경험을 가미했다.

103) 독일 공군의 공습과 이들이 남긴 파괴의 잔해를 인상적으로 표현하고 있는 시행들이 이어진다. 이 시행의 "검은 비둘기," 즉 독일 폭격기의 "혀"는 오순절 성령의 "불의 혀"와는 정반대되는 파괴와 죽음의 불이다. 그 불은 죽음의 문을 열어 죽은 자와의 만남을 주선한다.

마치 저 철제 잎사귀들처럼[104] 내게 날려 온 듯

도시 새벽바람에 밀려 저항치 못하며.

그래서 내가 응시하니 그의 바닥 향한 얼굴을

예리한 탐사의 눈으로 시비 걸 기세로

처음 만난 낯선 자에게, 꺼져가는 땅거미 빛

나는 순간 눈치챘다 그 모습은 무슨 죽은 고수[105]

내가 알았었고, 잊었고, 반쯤 기억한

한 사람이자 여러 명, 누렇게 그을린 인상에서

눈을 보니 친숙한 모습들 겹쳐진 귀신

친밀하면서도 정체 알 수 없어.

그래서 난 두 겹 역할 떠맡아, "선생님! 여긴 웬일?"

불러보니 귀에 들리는 건 남의 목소리,

비록 우린 있지 않았으나. 나는 여전히 같은

---

104) "철제 잎사귀"는 폭탄의 파편을 의미하나, 동시에 극도의 파괴력을 갖춘 기계 문명을
고발하는 것이기도 하다.

105) 이어지는 대목에서는 단테의 「지옥」 15곡에서 단테가 어릴 적 스승이던 브루네토 라
티니Brunetto Latini를 만나는 장면을 폭격당한 런던 길거리에 중첩시킨다. 단테는
동성애자들을 벌하는 곳에서 뜻밖에 옛 스승을 만난다. 라티니는 살아 있는 몸으로
그곳에 온 단테를 보고 놀라움을 금치 못한다. 지옥 불에 누렇게 익은 얼굴이긴 하나
그가 누구인지 알아본 단테는 "브루네토 선생님, 여기 계신가요?"라고 묻는다. 브루
네토는 잠시 대오를 이탈해 단테에게 스승다운 충고를 전해준 후, '내 책에 모든 게
적혀 있고 나는 내 책 속에서 여전히 살아 있으니 그 저서를 열심히 공부하라'는 당부
를 남긴 채, 다시 지옥 일행에게로 달려간다. 엘리엇의 시에서는 화자와 그가 만난 죽
은 영혼은 '사제 관계'라기보다는 '선후배 관계'에 가깝다. 즉 죽은 영혼이 선배 시인
인 셈이다. 또한 둘 간의 대화에서도 단테와 라티니 사이에서처럼 친근함과 존경심을
찾아보기 어렵다. 엘리엇이 이 장면에서 어떤 선배 시인을 모델로 삼았는지에 대해서
는 논란이 있으나, 평자들은 대체로 에즈라 파운드Ezra Pound와 윌리엄 버틀러 예이
츠William Butler Yeats를 유력한 후보로 제시한다.

나 자신인 줄 알지만 또 난 다른 자였으며—

또 그는 여전히 생기는 중인 얼굴, 하지만 그 말이면

충분히 서로 알아봄을 강제할 수 있었다.

그리하여, 같은 바람 앞에 고분고분,

오해하기에는 피차간 너무 생소했다,

이 교차점 시간에 안성맞춤

아무 데서도 아닌 만남, 이전과 이후 없이,

우리는 터벅터벅 순찰했다 죽은 듯 인도를.

내가 말하길, "내가 느낀 놀라움이 편하게 여겨지오.

하지만 편안함은 놀라움의 원인. 그러니 한말씀

청합니다, 내가 이해하지 못하고, 기억하지 못하더라도."

이에 그의 말은, "내가 그럴 기분인가 강연 재탕할,

내 사상과 이론들을 자넨 다 잊지 않았나.

그것들이 목적대로 이미 쓰였으면, 그걸로 그만.

자네도 그렇듯, 나 또한 그것들이 용서받기 바라네

남들에게, 내가 자네한테 용서받기 바라듯

잘못함과 잘함 모두. 지난 철 과일 다 먹었고

배 채운 짐승은 걷어차리니 빈 광주리를.

이는 지난해의 말들 지난해의 언어에 속하기에

이듬해의 말들은 기다리기에 또 다른 목소리를.

하지만 지금 이 통로가 딱히 나를 방해하지 않으니

사뭇 서로 닮아가는 두 세계 사이 이 영혼은

달랠 수 없는 떠돌이 신세.

그래서 말들이 떠오르네 이럴 줄 전혀 몰랐지만

이 길거리들에서, 여길 다시 찾을 줄 전혀 몰랐네
　내 몸 저 멀찍한 해안에 남겨놨을 때는.
우리 관심사가 말솜씨였으니, 또 말솜씨가 우릴 추동했고
　우리 부족의 방언을 순화시키도록[106]
　또 이후 일과 이전 일 유념케 부추겼으니,
나 자네에게 알려주지 노년에 받을 선물의 비밀을
　한평생 애쓴 수고로 무슨 상급(賞給) 받는지.
　첫째, 기간 만료된 감각의 차디찬 마찰
마법에 홀릴 일 없고, 약속 전혀 해준 바 없어
　다만 그림자 과실의 쓰디쓴 맛없음
　육체와 영혼이 서로 갈라지기 시작하니.
둘째, 힘없음 뻔히 알면서도 치솟는 격분
　인간의 어리석은 꼴에, 또 뭐가 재밌는지
　웃어대는 꼴이 살갗 찢는 느낌.
마지막으로, 가슴 미어지듯 아프게 다시 떠올리기
　네가 한 모든 일과 네 지난 모습들, 수치스러운
　꿍꿍이속 이제 다 들춰지고, 또 깨달아
잘못한 짓 모조리 또 남들에게 해 끼친 짓
　그걸 그땐 미덕 실천이라 생각했었으나.
　이젠 바보들이 인정해주면 가시방석, 명예는 먹칠.
잘못에서 잘못으로 분노한 영혼은 그저

---

106) 말라르메의 시, 「에드가 포의 무덤Le Tombeau d'Edgar Poe」에 나오는 표현을 인용
　하고 있다.

나아갈 뿐, 저 정제의 화염으로 회복되지 않는 한[107]

그 불 속 박자 맞춰, 춤꾼처럼, 몸 놀려야 하네."

날이 트고 있었다. 형체 일그러진 그곳 길

그는 나를 두고 떠나, 한 듯 만 듯 작별 인사,

스르르 사라질 때 들리던 사이렌 경보음.[108]

3

세 가지 상태 있어, 비슷해 보이곤 하지만

완전히 다름에도 같은 산울타리에 만개한다.

자아와 사물과 사람들에 대한 애착, 자아와

사물과 사람들로부터 초연함, 또 그 둘 사이서 자라는

무관심은 다른 둘과 닮아 있어 마치 죽음이 삶을 닮듯,

두 삶 사이의 존재—꽃 시들게 하고, 산

또 죽은 쐐기풀 사이. 기억의 쓸모는 이것,

해방을 위해—사랑 줄어듦 아니라 사랑

확대해 욕망 너머로, 그래서 과거는 물론

---

107) 엘리엇은 이 대목에서 폭격으로 엉망이 된 런던 길거리가 단테의 옛 스승 라티니가
영원히 갇혀 있는 '지옥'이 아니라, 아직 구원의 여지가 남아 있는 '연옥'임을 강조한
다. 연옥의 정제하는 불 속에서 순례자를 만났던 아르노 다니엘(30쪽 각주 25) 참조)
을 연상시키는 시행이기도 하다. 이 유령이 시인에게 전해준 노년의 "선물"은 연옥에
서 오랜 세월 동안 곱씹으며 반성하고 정화해야 하는 죄와 수치들이다.

108) 폭격이 끝났고 이제 안전하다는 신호이다. 이 대목은 셰익스피어의 「햄릿」에서 햄릿
의 아버지인 선왕의 유령이 "수탉이 울자 스르르 사라졌다"는 구절도 떠올린다.

미래로부터도 해방. 이렇듯 나라 사랑의

시발점은 우리 못 행동 터전에 대한 애착

그러다 그 행동이 별 중요치 않음 깨닫게 되나

절대 무심함은 아니다. 역사는 예속일 수 있고,

역사는 자유일 수 있다. 보라, 지금 저들 사라짐을

얼굴과 장소들, 저들을 나름, 사랑했던 자아도 함께,

새로워지려, 변형되려, 또 다른 모형으로.

죄악이 유익하니라, 하나[109]

모든 것 잘되리라, 또

모든 형편 처지 잘되리라.

만일, 다시, 내가 생각한다면 이곳을

또 사람들을, 무조건 칭송키 어려운,

가까운 친척도 아니고 친절하지도 않은 이들을,[110]

허나 몇몇은 고유한 재능 있고,

모두 공동의 재능 흔적 있어,

이들을 갈라놓는 다툼 속 하나 된 이들.[111]

---

109) 이어지는 세 행은 신비 체험을 기술한 14세기 영국의 여성 신비주의자 노위치의 줄리
안Julian of Norwich의 『거룩한 사랑의 계시Revelations of Divine Love』를 원전의
어투("Behovely") 그대로 따오고 있다. 이 모순적인 개념은 소위 '복으로서 죄(felix
culpa)'의 교리로, 아담의 원죄가 그리스도의 속죄로 이어진다는 점에서 '죄'와 '복'이
하나가 된다는 개념이다.

110) 「햄릿」 1막 2장에서 햄릿이 숙부를 두고 한 말, "그냥 친척보다는 좀더 가깝지만 친절
과는 좀 거리가 먼" 사람이라는 표현을 언급하고 있다.

111) '리틀 기딩' 공동체를 와해시키는 데 기여한 영국 혁명 내전에 대한 언급이다. 이어지
는 행의 "왕"은 찰스 1세, "교수대에 선 남자 셋"도 이 시기에 의회파에게 처형당한

만일 내가 해 질 녘 한 왕을 생각한다면,

교수대에 선 남자 셋을, 또는 더 많은

또 소수의 사람들 잊힌 채 다른 데서,

여기서 또 이국에서 죽은 이들을,

또 장님 되어 잠잠히 죽은 이를,

왜 우리가 더 기념해야 할까

죽어가는 자들보다 이들 죽은 자들을?

그것은 종 거꾸로 치기도 아니고[112]

주문 외기 또한 아니다

왕실 장미의 유령[113] 불러오는 것은.

옛 당쟁을 우리가 되살릴 수 없고

옛 정책들 우리가 되세울 수 없고

무슨 고풍스러운 북소리를 쫓아갈 수 없다.

이 사내들, 또 이들을 적대한 자들

또 이들이 적대한 자들은

침묵의 헌법을 받아들여

단 하나의 정당으로 포개져 있다.

우리가 운 좋은 자들에게 물려받은 바는 그 무엇이건

패배한 자들에게서 우리가 뺏어온 것이니

그들이 우리에게 남겨줘야 했던 것은——하나의 상징,

찰스 1세, 로드 대주교(Archbishop Laud), 찰스의 최측근이었던 스트래퍼드 경(Lord Strafford)이다. "장님 되어……"는 『실낙원 *Poradise Lost*』의 시인이자 혁명가였던 존 밀턴을 가리킨다.

112) 종을 거꾸로 치는 것은 쿠데타 등 비상사태를 알리는 표시이다.

113) 15세기 영국의 왕위 계승 전쟁이었던 '장미 전쟁'을 가리킨다.

죽음으로 완전케 되는 상징.
또 모든 것 잘되리라 또
모든 형편 처지 잘되리라
동기를 순화하므로
우리가 간청하는 근거에서.[114]

     4

비둘기 날아 내려 공기 깨트려[115]
눈부신 공포의 불길로
그 불의 혀들 선포해
단 한 번 사면으로 죄와 실수 벗어남을.
단 한 가지 희망, 아니면 절망이
  장작불이냐 장작불이냐 선택 따르니—
  불에서 불로서 구해지리니.

누가 그럼 그 고통 고안했나? 사랑이.
사랑이 그의 생소한 **이름**

---

114) '노위치의 줄리안'의 글에 나오는 표현이다. 그리스도가 줄리안에게 "나는 그대의 간
청의 근거이다"라고 말했다고 한다.
115) 이것은 2장의 "검은 비둘기"와 대조되는 오순절 성령 강림의 비둘기 '폭격'이다. 그
불길의 "공포"는 폭격하듯 내려와, 구원이냐 영벌(永罰)이냐를 선택하라고 외친다.
이 선택의 절대성을 이 연 끝에서 엘리엇은 아무런 수식어 없이 같은 말 "불"을 반복
함으로써 강조한다.

그가 두 손으로 빚어내어

입힌 못 참을 불길의 속옷

인간의 힘으로 벗을 수 없어.[116]

　오직 우리 살고, 오직 우리 숨 쉬고

　불 아니면 불로 태워진 그대로.

5

우리가 시작이라 하는 바는 흔히 끝이며[117]

또 끝을 맺는 것은 시작하는 것이다.

끝이란 우리가 시작한 그곳. 또 어구와

문장이 옳을 때마다 (말마다 제 집에 있고

다른 말들 지탱하려 자리 찾을 때,

그 말은 수줍거나 뻐기지 않아,

---

116) 4장의 두번째 연은 헤라클레스 신화를 언급하고 있다. 켄타우로스는 헤라클레스의 아
내 데이아네이라를 겁탈하려다가 헤라클레스에게 살해당하면서, 데이아네이라에게
자신의 피를 간직하고 있다가, 헤라클레스가 변심할 것 같으면 그 피를 써서 남편의
마음을 잡아두라고 말한다. 데이아네이라가 나중에 헤라클레스의 셔츠에 이 피를 묻
혀 입히자 헤라클레스는 극도의 고통을 당하고 또한 셔츠가 몸에 붙어 벗을 수도 없
는 상태가 된다. 급기야 그는 그 고통에서 벗어나려 스스로 장작불에 뛰어들어 자살
한다. 연옥의 정화의 불이 이렇듯 고통스럽지만, 그 불은 그리스 신화에서와는 달리
'에로스'가 아니라 자기를 버리는 '아가페' 사랑이기에 우리를 '살게' 하는 불이다. 불
에 타 재가 되어버린 런던을 바라보는 당대 독자들에게 이 시행들의 호소력은 특히
더 강했을 것이다.

117) 5장에서는 앞의 세 '사중주'들을 다시 불러내어 「사중주 네 편」 전체를 마무리하고 있
다. 여기서 「번트 노튼」 「이스트 코커」 「드라이 샐베이지스」에 나왔던 표현, 주제, 모
티프 들이 대거 등장한다.

옛것과 새것이 서로 편히 거래하니,

공동의 말 정확하나 상스럽지 않아,

격식 갖춘 말 엄밀하나 젠체하지 않아,

완전히 화합하여 함께 춤추니)

모든 어구와 문장은 끝이며 또 시작,

모든 시는 묘비문(墓碑文). 또 어떻게 행동하건

한 걸음 더 다가간다 교수대로, 불 속으로, 바다 입 속으로

또는 읽을 수 없는 돌로. 바로 거기서 우리는 시작한다.

우리는 죽는 자와 함께 죽으니,

보라, 그들 떠나지 않나, 우린 그들과 함께 가고.

우린 죽은 자와 함께 태어나니,

보라, 그들 돌아오지 않나, 우리 함께 데리고.

장미의 순간과 주목나무의 순간은[118]

똑같은 길이로 지속된다. 역사 없는 사람들은

시간에서 구원받지 못한다. 역사는 시간 떠난 순간들의

모형이기에. 그렇기에, 빛이 실패할 동안

어떤 겨울날 오후, 한적한 예배당에서

역사는 지금 또 잉글랜드.[119]

---

118) "장미"와 "주목나무"의 상징적 의미에 대해서는 14쪽 각주 12), 31쪽 각주 29) 참조.

119) 1장에서와 마찬가지로 "England"를 "영국"이라고 하지 않고 "잉글랜드"라고 번역한 이유는 지역성과 토착성을 강조하고 '영국'이 갖는 정치적인 어감을 제거하려는 취지에서이다. 엘리엇에게 기독교는 공적이고 역사적인 종교이지, 개인의 구원에 국한되지 않기에, 역사의 지평에 발을 디딘 채 마지막 '사중주'를 마무리하고 있다.

이 사랑이 이끄시고 이 소명이 부르시니[120]

우린 탐험을 멈추지 않으리
또 우리 모든 탐험 끝에
우리 시작한 곳 도달하여
그곳을 처음으로 알게 되리.
알지 못한, 기억나는 문을 지나
지구의 발견 못 한 마지막 땅이
태초부터 있었던 그것일 때,
가장 긴 강의 발원지에
숨겨진 폭포의 목소리
또 사과나무에 있는 아이들
알려지지 않은, 찾지 않았기에
하지만 들려, 반쯤 들려, 침묵 속에서
바다의 두 파도 사이에서.
어서 지금, 여기, 지금, 늘—
그 경지는 완벽한 단순함
(그 대가로 전부 다 내줘야 하나)
또 모든 것 잘되리라 또
모든 형편 처지 잘되리라
그때 불꽃 혀들 겹겹이 안으로 엮이어

---

120) 원문의 "사랑(Love)"과 "소명(Calling)"이 대문자로 되어 있어 의인화된 의미로 옮겼다.

불 매듭 왕관[121] 되고

또 불과 장미는 한 몸.

---

121) 이 "매듭(knot)"에 대한 해석은 여러 가지로 시도된 바 있으나, "불과 장미는 한 몸"
   이 된 이미지를 표현하고 있다는 점만은 분명하다. (빛으로 만들어진) 장미는 단테가
   천국을 그리는 데 사용한 이미지이다. 결국 이 시는 연옥의 "불"과 천국이 하나 되는
   경지를 바라보며 끝난다.

대성당 살인*

* 원제목은 "Murder in the Cathedral," '대성당에서의 살인'이나 이대로 옮기면 "Murder"와 "Cathedral"이라는 서로 병립할 수 없는 두 명사를 대조시키는 효과가 줄어들기에, "대성당 살인"으로 번역했다. 엘리엇 관련 우리말 논문이나 소개서에서는 이 작품 제목을 '대성당의 살인'으로 옮긴 선례들이 있으나, 이 경우 살인의 주체가 '대성당'이라는 뜻이니, 전혀 다른 의미가 된다. 이 희곡은 1935년에 작품의 배경이 되는 캔터베리 대성당(Canterbury Cathedral)에서 초연되었다. 1934년 가장극 「반석」 연출자였던 마틴 브라운E. Martin Browne이 「대성당 살인」 초연의 책임을 떠맡았다. 이 작품은 그 후에 런던 무대에서 그해 일곱 달에 걸쳐 계속 공연될 정도로 관객의 호응이 상당히 좋았다. 이 역사극은 캔터베리 대주교 토머스 베켓(Thomas Becket, 1119~1170)이 영국 왕 헨리 2세의 사주 또는 묵인 아래 캔터베리 대성당에서 기사들에게 살해당한 사건을 다루고 있다. 사건의 정황 및 전개는 이 희곡을 읽어가면 어느 정도 파악될 것이기에, 장황한 설명은 하지 않겠다. 대주교 토머스 베켓 사후 많은 이들이 그의 죽음을 세속 권력의 부당한 간섭에 맞서 교회의 수장이 교회의 독립을 위해 목숨을 바친 순교로 인정했고, 토머스 베켓은 가톨릭교회의 성인으로 승격되었다. 성공회에 귀의한 기독교 문인 엘리엇은 이 오래된 중세 이야기를 20세기에 다시 무대에 올림으로써, 1930년대에 날로 창궐하던 파시즘의 폭력에 대한 깊은 우려와 현실 정치의 야만성에 대한 문학적·신학적 '대답'을 제시했다. 작가는 이 희곡 2막의 일부를 제외하면 전체 극의 모든 대사들을 운문으로 구성해놓았다. 엘리엇은 이 작품에서 다양한 시 형식을 배합해 영시의 '오케스트레이션'을 하고 있다고 할 정도로 시적 기교를 맘껏 구사하고 있다. 옮긴이는 원문이 내러티브이자 시적 구성물이라는 이중적 특징을 최대한 존중하려 했다. 그러나 원문의 시적인 효과를 어떻게 옮겼는지에 대해 일일이 설명하다 보면 옮긴이 주가 너무 많아질 것이고 또한 서사의 흐름을 방해할 것이기에, 사건 이해에 꼭 필요한 경우를 제외하고는 옮긴이 주를 다는 일은 가급적 자제했다.

등장인물

1막
캔터베리 여인들의 코러스
대성당의 세 사제
전령
토머스 베켓 대주교
네 유혹자
수행원들

장면은 대주교관, 1170년 12월 2일

2막
세 사제
네 기사
토머스 베켓 대주교
캔터베리 여인들의 코러스
수행원들

첫 장면은 대주교관, 두번째 장면은 대성당. 1170년 12월 29일.

1막

코러스[1] 여기 우리 서 있자. 대성당 가까이에. 여기 우리 기다리자.

위험이 우리를 이끌었나? 안전할 줄 알기에, 우리 발길 이끌렸나

대성당 쪽으로? 무슨 위험이 있을까

우리들, 가난한, 가난한 캔터베리 여인들에게? 어떤 시련이든

우리 이미 친숙지 않을까? 위험이랄 게 있나

우리들에게, 또 대성당에도 안전함 없어. 뭔가 실행할 징조가

그걸 우리 눈으로 지켜보게 강제로, 우리 발길 끌고 왔네

대성당 쪽으로. 우린 지켜보게 끌려왔네.

금빛 시월 기울어 침울한 십일월 되고

또 사과 거둬들여 쟁여놓고 또 땅은 황폐한 물과 진흙 속 누렇고 예리하게 죽일 듯 삐죽삐죽,

새해는 기다리네, 숨 쉬며, 기다려, 어둠 속 속삭여.

품삯꾼이 진흙덩이 장화 차서 벗고 손 뻗쳐 불 쬘 동안,

---

1) 이 작품에서 '코러스'는 사건의 분위기를 제시하고, 주요 등장인물 및 사건에 대해 논평하고, 경우에 따라서는 장면의 전환을 매개하는 그리스 고대극의 코러스와 같은 기능을 수행한다.

새해는 기다려, 운명은 올 바를 기다려.
누가 손 뻗쳐 불 쬐며 만성절[2] 기억했나,
기다리는 순교자들과 성인들 기억했나? 또 누가
손 뻗쳐 불 쬐며 자기 주인 부인하려나? 누가 불가에서
몸 녹이며, 자기 주인 부인하려나?[3]

칠 년째구나 또 여름도 갔고
칠 년째구나 대주교님 우릴 떠난 지
자기 백성들에게 늘 다정하셨던 그분
하지만 그가 돌아오면 안녕치 못하리
임금님이 다스리거나 귀족님들 다스려,
우린 여러 가지 압제에 시달렸고
하지만 대개 우릴 알아서 살게 놔두니,
또 우릴 가만 놔두면 우린 만족해.
우린 집안 살림 챙기려 노력하고,
장사꾼은, 은밀히 신중히, 재산 몇 푼 만들려 노력하고,
품삯꾼은 자기 몫 땅에 허리 숙여, 땅 색깔이 제 색깔,
눈에 안 띄고 지내길 바라.
이제 조용한 계절들이 시끄러워질까 두렵구나,

---

2) "All Hallows' Day" 또는 "All Saints' Day"는 11월 1일이다. 특정 성인이 아니라 모든 성인을 함께 기념하는 날이다.
3) 복음서에 나오는 예수의 수제자 베드로가 예수가 잡혀간 날 밤 예수를 모른다고 극구 부인한 장면에 대한 언급이다. 베드로가 이때 대제사장 집 안뜰에서 불을 쬐고 있었다는 사실이 「마가복음」 14장 54절, 「누가복음」 22장 55절, 「요한복음」 18장 25절에 기록되어 있다.

겨울이 오면서 바다에서 죽음 가져오리,
봄이 파멸시키려 우리 대문 두드리리,
뿌리와 싹이 우리 눈과 귀 먹어버리리,
여름의 재난이 우리 샘물 바닥까지 태워놓으리
또 가난한 자들은 시들어갈 시월을 또 한 번 기다리리.
여름이 왜 우리에게 위안을 갖다줄까
가을 불길과 겨울 안개 달랠까?
우리 여름 열기에 뭘 할 것인가
그저 열매 없는 과수원서 또 한 번 시월을 기다릴밖에?
무슨 역병이 우리를 덮치려나. 우린 기다려, 우린 기다려,
또 성인들과 순교자들도 기다려, 순교자와 성인이 될 이들을.
운명은 하느님 손에서 기다려, 아직 모양 없는 그것 모양 만
들며.
이러한 것들 나는 보았네 한순간 햇살 속에서.
운명은 하느님 손에서 기다려, 정치가들 손 아니라
그들은 누군 잘하고 누군 못하고, 계획 짜고 추측하고
그들의 목표는 그들 손에서 시간의 틀 따라 돌아가고.
오라, 복된 십이월, 누가 그대 지켜보고 누가 그대 지켜주리?
인자[4]가 다시 태어나셔야 하나 경멸의 쓰레기 더미에서?
우리들, 가난한 자들에겐, 실행이란 없어,
그저 기다리고 지켜볼 뿐.

---

4) 원문은 "Son of Man"으로 예수 그리스도가 복음서, 특히 「마태복음」에서 자신을 가리
킬 때 쓴 표현이다.

[사제들 등장]

사제 1   칠 년째구나 또 여름도 갔고.

　　　　 칠 년째구나 대주교님 우릴 떠난 지가.

사제 2   대주교님은 뭘 하시나, 우리 주군 교황님과

　　　　 완고한 우리 왕과 프랑스 왕하고

　　　　 끊임없는 음모, 이합집산,

　　　　 회의, 회동 수락하고, 회동 거부하고,

　　　　 회동 안 끝났거나 끝이 없거나

　　　　 프랑스 땅 여기 아니면 저기에서?[5]

사제 3   내 보기에 세속 통치술에선 결정적인 것이라곤

　　　　 그저 폭력, 표리부동과 배임횡령뿐.

　　　　 임금이 다스리거나 귀족들이 다스려,

　　　　 강한 자는 강하게 약한 자는 변덕스럽게.

　　　　 그들의 법은 오직 하나, 권력 쟁취하고 지키는 것,

　　　　 뚝심 있는 자는 남들의 탐욕과 색욕을 주무르고

　　　　 미약한 자는 자신의 욕망에 먹혀버리니.

사제 1   이런 일들 언제나 끝날까,

---

5) 캔터베리 대성당에 거주하는 대주교는 영국 교회의 수장으로, 영국인으로서는 웨스트
민스터 궁(Westminster Palace)에 있는 잉글랜드 왕의 신하이지만, 성직자로서는 로마
에 있는 교황의 권위를 대리하는 종교 지도자이다. 다른 한편, 잉글랜드 왕은 독립 국가
의 군주이지만 프랑스의 노르망디 및 앙주의 영주로서 법적으로는 프랑스 왕 '밑'에 있
다. 이른바 '백년 전쟁'이 끝나기 전까지 프랑스 출신인 잉글랜드 왕 및 대귀족들은 프랑
스의 서쪽 및 북쪽 지역의 넓은 영지들을 직접 관리했고, 이를 지키기 위해 프랑스 왕과
끝없이 충돌했었다. '백년 전쟁'이 끝난 후, 잉글랜드 왕 및 귀족들은 프랑스의 영지들을
모두 잃고 만다.

문밖에 선 저 가난한 자들이

그들의 벗이자 영적인 아버지를 잃은 후, 그들 편인 벗이

한 분 있음을 잊은 후에야 끝날까?

[전령 입장]

전령   하느님의 종들이자 성전의 파수꾼들이시여,

소식을 갖고 여기에 왔습니다, 간략히 말씀드리면,

대주교님이 영국에, 또 이 도시 밖 가까이에 계십니다.

저를 서둘러 먼저 보내셨습니다

여러분께 그분이 오심을 알려드리려고, 가급적 빨리,

그분을 맞이할 채비를 여러분이 하시도록.

사제 1   그럼, 망명이 끝난 건가, 우리 대주교님께서

임금과 다시 합치셨나? 무슨 화해가 될까

자존심 센 두 사람 간에?

사제 3   무슨 평화가 자라날까

망치와 모루 사이에서?

사제 2   말해주시오,

옛 분란들이 끝난 것인지,[6] 두 사람을 갈라놓았던 자존심의

벽이

---

6) 헨리 2세는 교회 및 성직자들을 왕권 밑에 두기 위해 교회에 압력을 가했으나, 베켓은
이를 거부하고 프랑스로 도주 내지는 망명했다. 토머스는 프랑스 왕과 교황에 기대어 헨
리 2세에게 맞서다가, 마침내 교황의 주재로 양측이 어느 정도 양보하는 선에서 다시 영
국으로 돌아온 것이다.

허물어진 건지? 평화인지 전쟁인지?

사제 1   그분이 오시며

확실한 확언 받으신 건지, 아니면 그저

믿을 것은 로마의 힘, 그 영적인 권세,

정의의 확언, 또 민중의 애정뿐인지?

전령   뭔가 미심쩍어하시는 것 당연합니다.

그분은 자존심과 슬픔 갖고, 모든 권리 주장하며

오십니다, 굳게 믿으시는 것은 백성들의 헌신이지요,

그들은 열광의 도가니 속 그를 맞이하며,

길 양옆 빼곡히 늘어서서 겉옷 내던지며

길바닥에 잎사귀와 방금 딴 제철 꽃들 흩뿌립니다.

도시 길마다 숨 쉴 틈 없이 인파가 몰리니,

그분이 타고 온 말 꼬리가 사라질 지경입니다,

털 하나도 소중한 성물로 여기니.

그분은 교황님과, 또 프랑스 왕도 한마음이라,

못 가게 자기 왕국에 붙잡아두고 싶어 했지요.

물론 우리 임금님하고는 사정이 다릅니다만.

사제 1   그래서 묻습니다, 전쟁인지 평화인지?

전령   평화입니다만, 화평의 입

맞춤은 없지요.

대충 봉합한 형편이랄까요, 제 의견을 물으신다면.

저한테 물으신다면, 제 생각엔 대주교님이

무슨 착각에 빠지실 분은 아니시지요,

또 본인 주장을 조금이라도 굽힐 분도 아니고,

제 의견을 물으신다면, 제 생각엔 이 평화는

무슨 마무리거나 시작일 것 같지 않습니다.

다들 아는 바대로 대주교님이

왕과 갈라설 때, 왕께 말했지요,

폐하, 그가 말하길, 지금 떠나는 이 사람은

이생에서 다시는 폐하를 뵙지 못할 것입니다.

이 얘기는, 장담하건대, 가장 믿음직한 소식통이 전한바,

그분이 한 말의 뜻에 대해 견해가 갈리긴 하나

아무도 그걸 좋은 예언이라 생각지는 않더군요.

〔퇴장〕

사제 1   나는 대주교님이 걱정이고, **교회**가 걱정입니다,

나는 아니까요 갑작스러운 번영이 키워낸 자존심이

쓰디쓴 적대감으로 더 확고해졌음을.

나는 봤지요 그가 국새상서(國璽尙書)일 적, 왕의 칭찬 한 몸에

받을 때.[7]

왕의 신하들이 그를 좋아하거나 두려워했고, 거드름들은 피

웠지만,

깔봄을 당하면서도 그들을 깔봤고, 늘 외톨이였고,

절대로 그들과 섞이지 못했고, 늘 불안해 보였던 걸,

---

7) 토머스는 교회 행정에 관여를 해오긴 했으나 원래부터 성직자는 아니었고 헨리 2세 밑
에서 국새상서(Lord Chancellor), 즉 사법부의 수장을 지냈었다. 국새상서일 적 그는
교회를 국왕 밑에 복속시키기 위한 정책을 펼쳤었다.

그가 가진 미덕들이 그의 자존심에 힘을 주니,

공평한 판결 덕에 자존심이 활기 얻고,

관용을 베푼 덕에 자존심이 활기 얻어,

위임받은 세속 권력을 혐오하며

오직 하느님께만 복종하기를 원했지요.

왕이 좀더 강하거나, 아니면 그가 좀더 약했다면,

아마도 토머스 대주교님 사정이 달라졌겠지요.

사제 2　하지만 우리 대주교님이 돌아오셨어요. 다시 자기 터로 오셨어요.

우린 기다림은 충분히 했지요, 십이월부터 그다음 울적한 십이월까지.

대주교께서 우리를 앞서 이끌며, 실망과 의심 쫓으실 것이오.

우리 할 바 알려주실 것이고, 지시하시고, 가르치실 것이오.

대주교님은 교황님과 한마음이요, 또 프랑스 왕과도 그러하시니.

우리는 반석에 기대듯, 든든한 발판에 서 있듯

귀족과 지주들 간 힘의 균형의 끝없는 물살에 맞설 수 있을 것이오.

하느님의 반석이 우리 발밑에 있소. 우리 대주교님을 진심으로 감사하며 맞이합시다.

우리의 머리이신 대주교님 돌아오십니다. 그러니 그가 돌아오시면,

우리의 의심은 쫓겨 갈 것이오. 그러니 우리 기뻐합시다,

정녕 기뻐합시다, 또 반가운 얼굴로 그를 환영합시다.

나는 대주교님 편입니다. 우리 대주교님을 환영합시다!

사제 3　잘되건 못되건, 수레바퀴는 돌게 합시다.

수레바퀴가 잠잠히 있었지요, 벌써 칠 년째, 아무 쓸모없이.

잘되건 못되건, 수레바퀴는 돌게 합시다.

누가 알겠소 그 결말이 좋을지 나쁠지?

맷돌질하는 자들이 그치고[8]

길거리 문들이 닫힐 것이며,

또 음악 하는 여자들이 다 쇠할 때까지는.

코러스　여긴 계속 남을 도시 없고, 버텨낼 거처 없구나.

바람 잘못 불고, 때를 잘못 만나, 이득은 불확실, 위험은 확실.

아 늦고 늦고 늦어, 시간 늦어, 늦고 너무 늦어, 또 올해는 썩었고,

바람 사악하고, 바다 매섭고, 하늘은 잿빛, 잿빛 잿빛 잿빛.

아 토머스 돌아가시오, 대주교님, 돌아가시오, 돌아가시오 프랑스로.

돌아가시오. 서둘러. 조용히. 우릴 조용히 사라지게 내버려두고.

당신은 갈채 속에, 또 기쁘함 속 오시지만, 캔터베리로 죽음을 가져오십니다,

집에 내린 재앙이요, 본인에게 내린 재앙이요, 이 세상에 내린

---

8) 이 행과 이어지는 다음 두 행은 『구약성서』 「전도서」 12장 3~4절을 인용한 내용이다.

재앙을.

우린 아무 일도 일어나지 않길 바라네.
칠 년을 우린 고요히 기다렸네,
눈에 안 띄게 사는 데 성공했네,
살아갔네 반쯤 살아 있으며.
그간 압제와 사치 있었고,
그간 빈곤과 방종 있었고,
그간 소규모 불의도 있었고.
하지만 우린 그저 살아갔네,
살아갔네 반쯤 살아 있으며.
때론 곡식 농사 망쳤고
때론 수확이 좋았고,
한 해는 비만 내리고
다른 해는 메마르고,
한 해는 사과 넘쳐나고
다른 해는 자두가 모자라고.
하지만 우린 살아갔네,
살아갔네 반쯤 살아 있으며.
우린 절기들 지켰고, 미사 참석했고,
우린 맥주 빚었고 또 사과주도,
나무 해놓고 겨울을 났고
불가 구석에 모여 얘기 나눴고,
골목 구석에 모여 얘기 나눴고,

늘 숨죽여 얘기하진 않으며,

살아갔네 반쯤 살아 있으며.

우린 사람들 태어나고, 죽고, 혼인하는 걸 보았고

우리 사이엔 온갖 추문도 있었고

우린 세금 내느라 고달팠고,

우린 웃었고 험담했고,

여자애들 몇몇 사라졌네

미심쩍게, 몇 명은 그럴 수 없는 애들도.

우린 다 겪었네 사적인 공포와,

우리 각자의 그림자와 각자의 은밀한 두려움을.

그러나 이제 큰 두려움이 우리 가까이 와 있어, 한 사람 아니라 많은 이들의 두려움,

마치 탄생과 죽음 같은 두려움, 탄생과 죽음을 따로 떼어놓고 공허함 속에 바라볼 때처럼.

우리는 두려워, 알 수 없는 두려움으로, 직면할 수 없고, 아무도 이해하지 못할 그것으로,

또 우리 심장은 뜯겨나가, 우리 뇌는 마치 양파 껍질처럼 벗겨져, 우리 자신을 잃었네 잃었네

아무도 이해하지 못할 그 마지막 두려움 속에. 아 대주교님 토머스,

아 토머스 우리 대주교님, 우리를 내버려두오 이대로 살게, 우리의 남루하고 때 묻은 삶의 틀 속에, 내버려두오. 우리에게 요구하지 마시오

집에 내린 재앙, 대주교에게 내린 재앙, 세상에 내린 재앙을

서서 지켜보라고.

　대주교여, 안전하다고 또 자기 운명 확신한다며, 그림자들 사이에서 요동치지 않지만, 당신이 뭘 요구하는지 아시나요, 그게 뭘 뜻하는지

　운명의 틀 속으로 끌려 들어온 작은 민초들에게, 작은 것들이랑 사는 작은 민초들에게,

　작은 민초들의 뇌리에 얼마나 큰 짐인지, 집안에 내린 재앙, 나리님들에게 내린 재앙, 이 세상에 내린 재앙을 서서 지켜본다는 것이?

　아 토머스, 대주교님, 우리를 내버려두오, 내버려두오, 침울한 도버 떠나 프랑스 향해 돛 올리시오. 토머스 우리 대주교님은 프랑스에서도 여전히 우리 대주교님. 대주교 토머스, 잿빛 하늘과 매서운 바다 사이에 하얀 돛 올리시고, 우릴 떠나시오, 우리 떠나 프랑스로 가시오.

사제 2　지금 그런 소리나 하고 있을 땐가!

　당신들은 바보 같고, 뻔뻔한 수다쟁이 여자들이야.

　당신들 몰라 우리 훌륭하신 대주교님이

　이제 곧 도착하실 것 같다는 걸?

　길거리 군중들은 환호 또 환호하는데,

　당신들은 나무 위에 올라간 개구리처럼 개골개골거리니,

　적어도 개구리는 요리해서 먹을 수라도 있지.

　뭐가 두려운지 모르지만, 비겁하게 걱정이나 하니,

　내가 부탁하네 적어도 표정이라도 쾌활하게 하시게,

　또 우리 대주교님 진심으로 환영하세.

[토머스 입장]

토머스   조용. 그리고 그들을 놔두시오, 고양된 기분 그대로.

그들이 하는 말은 본인들 아는 것보다 훌륭하고, 그대가 이해

하지 못하는 바요.

그들은 알고 또 알지 못하니, 행하거나 당하는 것이 뭣인지.

그들은 알고 또 알지 못하니, 행함이 당함이요

또 당함이 행함임을. 또한 행위자가 당하지 않고

감내하는 자가 행하지 않으니. 하지만 둘 다 고정되어 있어

영원한 행함, 영원한 감내함 속에

그렇게 뜻하시도록 모두 수긍해야 하고

또 그런 뜻 갖도록 모두 당해야 하니,

그 틀이 지속되도록, 틀이 행함이고

또 당함이니, 바퀴가 돌지만 그래도

영영 멈춰 있도록.

사제 2   아 대주교님, 저를 용서하소서, 오시는 걸 보지 못했습니다,

이 아둔한 아낙들 수다에 정신을 뺏겨서.

우리를 용서하소서, 대주교님, 이보다는 더 잘 맞이했을 것인

데,

오실 걸 알고 미리 준비했더라면.

그러나 대주교님 아시다시피 칠 년의 기다림,

칠 년간 기도, 칠 년간 비어 있음이

우리 마음속 당신 맞을 준비를 더 잘해놨습니다,

158

칠 일간 캔터베리를 준비시키는 것보다도.

하지만, 계실 방들 화롯불 지피도록 하겠습니다

우리 잉글랜드 십이월의 냉기를 쫓아버리도록,

대주교님은 보다 나은 기후가 몸에 익으셨을 것이니.

대주교님 보시면 아시겠지만 방들은 떠나실 때 그대로입니다.

토머스 또 내가 본 그대로 두고 떠나려 노력하겠소.

그대들의 정감 어린 세심함에 깊이 감사하오.

이것들은 사소한 문제들이오. 캔터베리에서 편히 쉴 수 있겠나

우리 주위에 적들이 안절부절 열을 내고 있는데.

반역자 주교들, 요크, 런던, 솔즈베리,[9]

이들이 우리 편지를 가로채려 했고,

해안을 첩자들로 채워놓고 나를 만나라고 사람을 보냈소

그중엔 나를 극도로 혐오하는 이들이 있었고.

하느님 은총으로 이들의 계획을 미리 감지했기에

나는 내 편지들을 다른 날에 보냈고,

순탄히 바다를 건너서, 샌드위치에 당도하니

브록, 워렌, 켄트의 주장관,

이들은 내 머리를 내 몸에서 떼어가기로 맹세한 자들이나

솔즈베리 주임사제 존이 그나마,

왕의 명성에 누가 될까 봐, 반역죄 될 수 있다 경고해서

---

9) 이들은 왕세자의 책봉은 캔터베리 대주교의 집전 아래 해야 한다는 교회법을 어기고, 헨리 2세의 비위를 맞추려 요크 대주교 책임 아래 책봉식을 감행했다. 이에 대해 격분한 토머스는 이들을 파문했다.

이들이 손을 멈추게 했지요. 그래서 얼마 동안은
우리를 내버려두고 있지요.

사제   하지만 그들이 뒤쫓아오나요?

토머스   잠시 동안은 굶주린 매가
솟아올라 맴돌다, 빙빙 돌아 내려오며,
핑계, 명분, 기회를 기다리겠지.
끝은 간단할 것이오, 갑작스레, 하느님이 주시는 대로.
그동안 우리의 첫 행위는 그 실상이
그림자가 될 것이오, 또 그림자들과의 다툼이.
그사이 시간이 더 무겁겠지 완수된 순간보다도.
모든 일들이 그 사건을 준비하오. 지켜보시오.

〔유혹자 1 입장〕

유혹자 1   봤지요, 나리, 나는 격식을 차리지 않는 사람임을,
나 여기 왔소, 모든 악감정 다 잊고,
댁의 현재 엄중함 핑계 삼아
나의 미천한 경박함 봐주시길
지난 그 좋은 시절들 다 기억해주면서.
나리께서 옛 친구를 정 식었다고 경멸하시진 않겠지?
우리 톰, 재밌는 톰, 런던 사람 베켓,
나리께서 강가에서 보냈던 그날 저녁 잊지 않으셨겠지
왕하고 당신하고 나랑 모두 친했던 때를?
친분을 예리한 시간이 물어 끊게 할 수야 없지.

이봐, 나리, 지금 왕의 호의를
회복한다 해서, 그해 여름이 끝났다 하겠소
아니면 호시절은 오래가지 못한다고?
강가 풀밭에선 플루트 소리, 홀 안에선 현악기 중주(重奏) 소리,
웃음소리와 사과나무 꽃잎 물 위에 떠다니고,
해 지면 노랫소리, 방마다 속삭임 소리,
벽난로 불이 겨울철을 삼켜 먹고
술잔과 재담과 지혜로 어둠을 먹어치우던 시절!
이제 왕과 당신이 우호 관계이니
사제와 평신도가 다시 흥겨워해도 되지 않나,
흥이 나고 장난기 돋는다고 눈치 볼 필요 있나.

토머스   그대는 가버린 계절들 얘기를 하는군. 기억하네
잊을 가치도 없는 것들이라.

유혹자 1   새로운 계절 얘기도 합시다.[10]
겨울 속에 봄은 와 있소. 나뭇가지에 내린 눈이
꽃봉오리처럼 곱게 떠다닐 것이고. 도랑가에 언 얼음은
햇빛 반사하고. 과수원에선 사랑이
수액을 송출해 솟아오르고. 유쾌가 우울에 맞서고.

토머스   우리가 미래에 대해 아는 바 뭐가 있나
그저 한 세대 다음 세대 이어지며
똑같은 일들이 다시 또다시 벌어진다는 것 외엔.

---

10) 유혹자들과의 대화 장면에서 엘리엇은 이 유혹의 목소리들이 토머스 내면의 목소리이
기도 함을 극화하기 위해 두 인물의 대사가 이어지며 한 시행을 완성하는 형식을 자주
사용한다.

사람들이 남들의 경험에서 뭘 배우겠나.

하지만 한 사람의 삶에서는, 절대로

같은 시간이 되돌아오지 않아. 잘라라

묶은 끈을, 벗겨내라 비늘을. 다만

얼간이는, 자기 어리석음의 올가미에 걸려, 생각하겠지

제가 묶여 있는 바퀴를 제가 돌릴 수 있다고.

유혹자 1   나리, 고개만 까닥하면 끝날 일이오.

사람이란 퇴짜 놓고 나면 아쉬워하는 법.

지난 호시절, 이제 다시 오는 중이니

내가 밀어드리지.

토머스   이렇게 따라가진 않지.

자네 품행이나 살피시게. 참회할 생각이나

하며 자네 주군을 따라가는 게 더 안전할 테니.

유혹자 1   이렇게 걸어가선 안 되지!

그렇게 빨리 가시면, 다른 이들은 더 빨리 갈지 몰라.

대주교님 나리는 너무 오만하셔!

제일 안전한 짐승은 제일 크게 짖는 짐승은 아니지,

이게 우리 주군 폐하의 방식은 아니었고!

댁도 한때는 죄인들에게 그리 엄하진 않았잖아

그 친구들이랑 친구일 적엔. 쉽게 가자고, 이 양반아!

쉽게 사는 양반이 식사도 제일 근사하게 하는 법.

친구로서 충고하니 따르시게. 대충 내버려두시지,

아니면 당신 거위를 요리해서 뼈까지 발라 먹을지 몰라.

토머스   자네는 이십 년 전에 올 걸 그랬네.

유혹자 1   그럼 난 갈 테니 댁의 팔자대로 되라지.

          난 갈 테니 댁의 고상한 악습 즐기든지,

          아마 그 값도 고상한 수준으로 지불해야겠지.

          안녕히 계시오, 나리, 난 격식 차리지 않는 사람,

          난 온 그대로 떠나오, 모든 악감정 다 잊고,

          댁의 현재 엄중함 핑계 삼아

          나의 미천한 경박함 봐주시길.

          날 기억해주신다면, 나리, 기도하실 때,

          나도 댁을 기억하지 몰래 키스할 때.

토머스   잘 가게 놓아두자, 봄철 망상은,

          자, 생각 하나 바람 속 휘파람처럼 가는구나.

          가능치 않은 그것도 여전한 유혹.

          가능치 않은 그것, 바람직하지 않은 그것,

          잠에 잠긴 목소리들 죽은 세계 깨어놓으니,

          정신은 현재 속에 완전키 어렵구나.

〔유혹자 2 입장〕

유혹자 2   나리께서 아마 저를 잊으셨으리라 싶어, 인사드리지요.

          우린 클래렌던에서, 노샘프턴에서 만났었지요,

          마지막으로는 몽미라이Montmirail에서, 멘Maine에서.[11] 이제

          내가 상기시켜드렸으니

11) 대주교 토머스가 헨리 2세에게 맞섰던 회의 또는 회담 장소들이다.

별로 달갑지 않은 이 기억들은 미뤄두고

그 이전으로 돌아가지요,

더 묵직한 기억들로, 국새상서 하실 적으로.

그때에 비하면 최근 일이야 그저 가벼울 뿐! 당신은

정치의 고수, 모두가 인정했듯이, 이제 다시 국가를 이끄셔야

지.

토머스   그대의 말뜻은?

유혹자 2   당신이 사직한 재상 자리

대주교가 되실 때─그건 실수였지요

댁으로선─아직 그걸 다시 찾을 수 있소. 생각해보시오, 나

리,

권력을 잡으면 영글어 영광이 되고,

스러지지 않는 삶, 늘 이어지는 몫.

죽으면 신전에 모셔, 비싼 돌에 비문 새겨.

사람들 다스림이 미친 짓은 아닐 터.

토머스   하느님의 사람에겐 그게 무슨 기쁨?

유혹자 2   슬픔은

오직 하느님에게만 사랑을 주는 자들의 몫.

튼실한 실체를 손에 쥐었던 이가

속임수 그림자들에 홀려 헤맬 건가?

권력은 지금 여기. 거룩함은 내세에서나.

토머스   그럼 누가?

유혹자 2   재상, 왕과 국새상서.

왕은 명령하고. 국새상서 풍성히 통치하고.

이건 학교에서 안 가르치는 격언.

강한 자 기세 꺾고 가난한 자 지켜주니,

하느님 보좌 밑에서 인간이 이보다 뭘 더 하리?

깡패들 무기 뺏어, 법에 힘을 실어,

보다 선한 명분 위해 통치해,

골고루 정의롭게 모두 다 공평하게,

그러면 이 땅에서 잘 번성해, 또 아마 천국에 가서도.

토머스	무슨 수단으로?
유혹자 2	진짜 권력

그걸 사려면 값으로 치를 것은 확실한 복종.

댁의 영적인 권력은 지상에서는 파멸.

권력은 지금 여기, 그걸 휘두르고자 하는 자의 것.

토머스	누가 그걸 가질 것인가?
유혹자 2	오려는 자 그가.
토머스	무슨 달에 그렇게 할까?
유혹자 2	마지막 달 바로 전달.
토머스	그걸 얻으려 뭘 내줘야 하나?
유혹자 2	성직 권위 주장.
토머스	왜 그걸 내줘야 하나?
유혹자 2	권세와 영광 위해.
토머스	안 돼!
유혹자 2	돼! 아니면 만용이 꺾일걸,

캔터베리에 버티고 앉은, 영토 없는 영주,

권력 없는 교황의 종노릇 자원하는 자,

늙은 수사슴, 사냥개들이 삥 둘러섰어.

토머스   안 돼!

유혹자 2   돼! 사람이란 술수를 써야 해. 군주들도 마찬가지.
나라 밖에서 전쟁하려면, 나란 안엔 듬직한 우군이 필요해.
사익 좇는 정치가 공공의 이득,
위신에 맞게 위풍당당 위장은 해야 하니.

토머스   그대는 주교들을 잊었네
내게 파문 제명당한 자들을.

유혹자 2   허기진 혐오는
영민한 이해타산에 맞설 수 없으리.

토머스   그대는 귀족들을 잊었네. 그들은 잊지 않을 걸세
좀스러운 특권을 줄곧 틀어막았음을.

유혹자 2   귀족들에 맞설 게
있지 왕의 명분, 평민의 명분, 재상의 명분.

토머스   안 돼! 내가 그럴 사람인가, 하늘과 지옥의
열쇠를 보관하는 자가, 잉글랜드에는 오직 홀로 최고,
묶고 또한 풀고, 교황이 준 권력으로,
거기서 내려와 보다 하찮은 권력을 탐할까?
지옥의 저주 정죄할 자리에서,
왕들을 규탄해야지, 그들의 종들에 끼어 섬기는 게 아니라,
그것이 나의 떳떳한 책무일세. 안 돼! 가라.

유혹자 2   그럼 난 갈 테니 댁의 팔자대로 되라지.
당신의 죄는 해를 향해 치솟아, 왕들의 보라매를 뒤덮고 있
어.

토머스   세속 권력으로, 좋은 세상 건설한다고,

질서를 유지한다고, 이 세상이 아는 그런 질서를.

세상 질서를 신뢰하는 자들은

하느님의 질서에 통제받지 않는,

자신만만한 무지 속에, 그저 무질서나 멈춰 세울 뿐,

더 단단하게 만들어선, 치명적 질병 키워내,

치켜세우며 그것들을 끌어내려. 임금과 함께하는 권력이라―

그땐 내가 바로 임금이었다, 그의 팔이자 그의 냉정한 이성.

그러나 그때 드높았던 그것은

이젠 비열한 퇴락이 될 것이다.

〔유혹자 3 입장〕

유혹자 3   내가 올 줄 모르셨지요.

토머스   그대가 올 줄 알았소.

유혹자 3   하지만 이런 식이거나, 또 지금 온 그 목적일 줄은 모르셨겠
지.

토머스   무슨 목적이건 놀랄 일 없소.

유혹자 3   좋습니다, 나리,

난 경솔한 사람 아니고 또 정치꾼도 아니오.

궁정에서 빈둥대며 음모 꾸미는

재주는 난 없소. 난 궁정대신이 아니오.

난 말, 개, 계집은 좀 아는 편,

내 영지를 어찌 관리할지도 좀 알고,

자기 땅을 지키는 영주로 자기 일이나 챙기는 사람.

우리들 땅 주인 영주들이 이 땅을 알지요

또 이 땅에 뭐가 필요한지 아는 자들은 우리.

이 땅은 우리나라. 우린 나라가 걱정이오.

우리가 이 민족의 뼈대요.

우리가, 왕 주변에 붙어 있는

저 모함꾼 기생충들이 아니라. 거친 말투 양해해주시오,

난 투박하고 직설적인 잉글랜드인이오.

토머스   곧장 말해보시오.

유혹자 3   목적은 명백하오.

우정이 이어지는 것은 우리 자신 덕택

아니라 상황 때문인 것.

그러나 상황이란 미리 결정 안 된 게 아닌 것.

진짜 아닌 우정이 진짜로 변할 수 있으나

진짜 우정은, 한번 끝나면, 다시 회복키 어려워.

적개심은 이내 연대를 이루기 마련.

우정을 전혀 몰랐던 적개심은

이내 합치될 수 있는 법.

토머스   시골 사람이라더니

그대의 말뜻을 음험한 격언으로 포장하는 솜씨가

궁정대신 못지않구먼.

유혹자 3   단순한 사실이 바로 이것!

당신은 헨리 왕과 화해할

희망을 품을 수 없소. 당신이 기대할 건

외톨이 신세로 무작정 주장만 하는 것.

그건 실수지.

토머스   아 헨리, 아 나의 왕이여!

유혹자 3   다른 친구들을

현 상황에서 만날 수 있소.

잉글랜드에 있는 왕도 전권을 쥐지 못하는데,

왕이 프랑스에 있고, 앙주에서 쌈질이나 하고,

그의 주위로는 허기진 아들들이 기다리니.

우린 잉글랜드 편이오. 우리가 바로 잉글랜드.

당신과 나, 나리, 우린 노르만족이오.

잉글랜드는 노르만 주권을[12]

위한 땅. 앙주 사람은

스스로를 파괴하게 놔둡시다, 앙주에서 싸우다가.

그는 우리들 잉글랜드 귀족들을 이해하지 못하오,

우리가 이 나라 국민이오.

토머스   이게 어디로 갈까?

유혹자 3   행복하게 합쳐진

영민한 이해관계로.

토머스   하지만 그대가 원하는 게 뭔지—

만약 귀족들을 대변한다면—

---

12) 1066년 노르망디 공작 윌리엄의 정복 이후, 잉글랜드의 지배 엘리트층은 대부분 노르
   망디 출신들이었다. 반면에 다음 행에서 언급한 '앙주 사람'은 헨리 2세를 가리킨다.
   원래 프랑스 '앙주 백작'인 헨리는 노르망디인들이 수립한 영국 왕실의 왕위 계승 분쟁
   에 끼어들어 잉글랜드 왕좌를 차지했다.

유혹자 3	힘센 세력이

당신 쪽으로 눈을 돌렸으니—
무엇을 얻기 원하는지, 나리께서 물으시니.
우리로선, 교회가 지지하면 이득이 될 것이오,
교황의 축복은 튼튼한 보호막
자유를 위한 싸움에서는. 나리, 당신이
우리와 함께하면, 한 방 멋지게 먹이실 것이오
잉글랜드를 위해 또한 로마를 위해,
왕의 법정이 주교단 법정 위에 군림하는,
왕의 법정이 귀족들의 법정 위에 군림하는
폭압적인 침탈을 종식시킬 것이오.

토머스 그걸 정착시킨 사람이 바로 나.

유혹자 3	그걸 정착시킨 이 당신이나

지나간 시간은 잊힌 시간.
우린 새로운 성좌가 떠오르길 기대하오.

토머스 그런데 대주교가 왕을 신뢰치 못한다면,
어떻게 왕을 망치려 도모하는 자들을 신뢰할까?

유혹자 3 왕들은 오로지 자신의 권력 외엔 허용치 않으니,
교회와 백성은 왕좌에 대항할 만한 좋은 명분이오.

토머스 대주교가 왕권을 신뢰하지 못한다면,
바로 그렇기에 오직 하느님만 신뢰해야 할 일.
내가 한때 재상으로서 통치했을 때
그대와 같은 인간들은 내 문 앞에서 기꺼이 기다렸네.
궁정에서는 물론이요, 전장에서도

또 경기장에서도 나는 여럿을 굴복시켰네.

내가, 비둘기 위에 독수리처럼 군림하던 내가

늑대 떼에 끼어 늑대 모습을 취할 일인가?

자네들의 모반 음모는 계속 꾸미시게, 이제껏 하던 대로.

그 누구도 내가 무슨 왕을 배반했다 말하진 못할 것이니.

유혹자 3 좋소, 나리, 난 당신 문 앞에서 기다리지 않겠소.

또 바라마지않소, 또 다른 봄 오기 전에

왕이 당신의 충성심을 어여삐 여기시길.

토머스 이런 생각을 세웠다가 부수기를 이전에도 한 적 있다

스러져가는 힘을 절박하게 실행해볼까 하며.

가자에서 삼손이 한 일도 그 정도일 뿐.[13]

하지만 내가 부순다면, 난 나 자신만 부숴야 한다.

〔유혹자 4 입장〕

유혹자 4 잘했어, 토머스, 당신 의지는 단단해서 잘 안 꺾이지.

또 내가 곁에 있으면, 친구가 하나는 생길 것이고.

토머스 자네는 누군가? 내가 예상한 것은

방문객 세 명, 넷은 아니었는데.

유혹자 4 한 사람 더 맞이한다고 놀랄 거 뭐 있나.

나를 예상했다면 이미 전에 왔었겠지.

난 늘 예상을 앞지르니까.

---

13) 『구약성서』 「사사기」('판관기') 13장에서 16장에 걸쳐 서술된 삼손의 몰락 이야기를 언급하고 있다. 11쪽 각주 6) 참조.

토머스	자네 누구야?

유혹자 4 날 모르니, 내 이름이 필요치 않지,

또, 날 알고 있으니, 그게 내가 온 이유지.

당신은 날 알고 있지만 내 얼굴은 본 적 없지.

미리 만날 기회나 장소가 따로 없었으니.

토머스 자네가 온 이유를 말하게.

유혹자 4 그건 제일 마지막에 말해주지.

과거의 살점을 미끼로 낚시질들을 하더군.

난잡함은 허약함이라. 왕 그 양반,

그가 확고히 혐오하니 그 끝이 없을 터.

당신 잘 알다시피, 왕은 절대 믿지 않아

두 번씩은, 한때 벗이었던 사람을.

돈 꿀 때는 신중해야지, 도움 제공은

뭔가 꿔줄 게 있을 때만 활용해야지.

당신은 함정이 함몰되길 기다리겠지

일단 당신한텐 한번 써먹은 것 망가지고 무너지길.

귀족들은 또 어떻고, 못난 자들의 시기는

왕의 분노보다 더 완강해.

왕들이 얻는 것은 공적 통치, 귀족들은 사적 이득,

미친 듯 질투의 악마에 홀린 채.

귀족들은 서로 쌈 붙이기에 쓸 만해.

왕들은 더 센 적들을 파괴해야 하니.

토머스 그대는 뭘 권하나?

유혹자 4 앞으로 곧장 끝까지 가기.

다른 길은 당신한테 모두 지금 닫혔지
이미 택한 그 길 말고는.
하지만 무슨 낙이 될까, 왕처럼 다스리거나,
아니면 왕 밑에서 사람들 다스리는 것이,
숨어 꾸민 술책, 상대가 모를 계책이,
온 누리 누리는 영적인 권력에 비하면?
인간은 아담이 타락한 후로, 죄에 억눌려 있잖아—
당신은 하늘과 지옥의 열쇠를 쥐고 있잖아.
묶고 또 풀 수 있는 힘을. 묶어, 토머스, 묶으라고,
왕과 주교들을 당신 발 밑에다.
왕, 황제, 주교, 귀족, 왕을.
흐물흐물 사라질 군대의 불확실한 장악,
전쟁, 역병, 또 혁명,
새로운 음모, 파기된 조약들,
한 시간 안에 주인과 종이 뒤바뀌니,
그게 세속 권력이 가는 길.
왕도 늙으면 그걸 알게 될걸, 마지막 숨 거둘 때,
아들들 다 없이, 제국도 없이, 부러진 이빨만 깨물며.
당신이 실타래를 들고 있잖아. 풀어, 토머스, 풀라고
영원한 삶과 죽음의 실을.
이 권력 갖고 있잖아, 계속 갖고 있으라고.

토머스   최고 자리, 이 나라
에서?

유혹자 4   최고, 그 위로 하나 더 있지만.

토머스	그건 나 이해 못 하겠네.
유혹자 4	그게 어떻게 그런지는 내가 말해줄 일 아닐세,[14]
	내가 여기 온 건 그냥, 토머스, 당신이 아는 것 알려주려고.
토머스	이게 얼마나 오래갈까?
유혹자 4	당신이 이미 아는 것 아니면, 나한테 아무것도 묻지 말게.
	하지만 생각해봐, 토머스, 죽음 후의 영광을 생각해봐.
	왕이 죽으면, 또 다른 왕이 있지,
	왕이 하나 더 있으면, 또 다른 통치 시대.
	왕은 잊히지만, 또 다른 왕이 오게 되면.
	성인과 순교자는 무덤에서 다스리지.
	생각해봐, 토머스, 적들이 낭패 겪을 걸 생각해봐.
	속죄하느라 살살 기고, 그림자만 봐도 겁에 질릴걸,
	생각해봐 순례자들을, 길게 줄 서 있겠지
	보석 박아 번쩍이는 성지 앞으로,
	한 세대에서 다음 세대로 이어서
	무릎 꿇고 탄원 기도,
	생각해봐, 하느님의 은총으로 생길 기적들을,
	또 생각해봐 당신 적들, 천국 말고 저쪽 다른 데 가 있을 것을.
토머스	난 그것들에 대해 생각해보았네.
유혹자 4	그래서 내가 지금 말해주는 거잖아.

---

14) 함축된 의미는 그 위에 "공중의 권세 잡은 자"(『신약성서』「에베소서」 2장 2절), 즉 사탄이 있다는 것.

당신 생각은 왕들보다 더 강한 힘으로 당신을 행동케 하니.

당신은 또 생각해봤지, 어떤 때는 기도 시간에,

어떤 때는 계단 모서리에서 머뭇대며,

새 지저귈 때, 계속 멸시할까 하고.

변하지 않는 것은 아무것도 없어, 오직 바퀴는 돌고,

새집은 강탈당하고, 새는 곡하며 울고,

성지를 약탈하고 금은 다 써버리고,

보석은 경박한 귀부인들 장신구로 가버리고

성역을 침탈하고 소장품들 말끔히 털려서

붙어먹는 사내들과 몸 파는 여자들의 품으로 가고.[15]

기적이 멈추고, 또 믿는 자들이 당신을 버릴 그때엔.

또 사람들은 그저 당신을 잊으려고만 노력할 거야.

더 늦은 시대에는 더 안 좋지, 그땐 사람들이 당신을 미워할

감정이 남아서 헐뜯고 모욕하는 게 아니라,

당신의 부족했던 자질들을 차분히 따져보며

그저 역사적 사실을 규명하려고만 할 테니.

그땐 사람들이 선언할 거야, 애초에 기적이랄 게 없었다고

역사 속 일정한 역할을 맡았던 이 인물과 관련해서.

토머스   하지만 뭘 해야 하나? 할 일이 뭐가 남아 있나?

상급(賞給)으로 받을 변치 않을 왕관은 없는가?

유혹자 4   맞아, 토머스, 맞아, 당신은 그 생각도 해봤지.

성인들의 영광과 비교할 수 있는 게 어디 있어

---

15) 영국의 헨리 8세가 단행한 종교개혁 때 벌어진 수도원 재산 몰수와 성지 침탈을 언급하고 있다.

하느님 앞에서 영원히 거할 텐데?

지상의 영광, 왕이건 황제건,

지상의 자부심, 그 무엇이건 초라하잖아

하늘의 장엄함 그 풍성함에 비하면?

순교자의 길 찾아가시게, 이 땅에선 가장

낮은 자 되시게, 하늘에선 가장 높은 자 될 테니.

또 저 멀리 아래쪽 보면, 갈라놓은 심연 굳어져 있고,

그대의 박해자들, 영원히 시련에 시달리며

혀가 마르는 고통, 속죄 불가능.[16]

토머스   안 돼!

넌 뭐냐, 내 욕망으로 나를 유혹하다니?

다른 자들 왔었다, 속세의 유혹자들,

쾌락과 권력을 감 잡히는 값에 제시했다.

넌 뭘 줄 테냐? 넌 뭘 요구하느냐?

유혹자 4 난 당신이 욕망하는 걸 주지. 내가 요구하는 것은

당신이 줘야 할 그것. 그게 너무 무리한 건가

영원한 장엄함을 바라보는 대가인데?

토머스 남들은 실제 이득을 제시했다, 가치 없으나

실제인 것을. 너는 그저

지옥에 이를 꿈을 제시하는구나.

유혹자 4   당신이 자주 꾸던 꿈들인걸.

토머스 어디 길이 없나, 내 영혼의 질병에는,

---

16) 「누가복음」 16장, 거지 나사로의 비유에서 지옥을 묘사한 구절을 인용하고 있다.

교만의 지옥으로 이끌지 않을 길이?

나는 잘 안다 이 유혹들이 뜻하는 바는

당장의 허망함과 미래의 고통임을.

죄악 된 교만을 몰아내려면 꼭

더 심한 죄를 지어야 하나? 내가 행하건 당하건

영벌에 빠질 수밖에 없는가?

유혹자 4 당신은 알아 또 알지 못해, 행하거나 당하는 게 뭔지

당신은 알아 또 알지 못해, 행함이 곧 당함임을,

또 당함이 행함임을. 또한 행위자가 당하지 않고

감내하는 자 행하지 않지. 하지만 둘 다 고정됨을

영원한 행함, 영원한 감내함 속에

그렇게 뜻하시도록 모두 수긍해야 하고

또 그런 뜻 갖도록 모두 당해야 하니,

그 틀이 지속되도록, 바퀴가 돌지만 그래도

영영 멈추도록.

코러스 집에서 쉴 수가 없다. 길거리에서도 쉴 수가 없다.

쉼 없이 움직이는 발소리 들린다. 또 공기는 묵직하고 갑갑하
다.

묵직하고 갑갑하다 하늘이. 또 땅이 우리 발에 뻣뻣하게 맞선
다.

이 역겨운 냄새, 수증기인가? 말라버린 나무 위 구름에서 나
오는 침침한 녹색 빛? 땅이 숨 몰아쉬며 지옥의 자식 분만하는
구나. 내 손등에 묻어나는 이 끈끈한 이슬은 무엇인가?

네 유혹자 인간의 삶은 기만이자 실망.

모든 것들은 허상,

허상이거나 실망스럽거나,

불꽃놀이, 인형극 고양이,

어린이들 파티에서 나눠주는 상품,

백일장 글 잘 썼다 수여하는 상품,

졸업식에 받는 학위, 고위직이 받는 훈장.

모든 것들은 갈수록 더 허상, 인간의 여정은

허상에서 허상으로.

이 인간은 완고해, 눈이 멀었어, 외골수로

자신을 파괴하려 들어,

기만에서 기만으로

장엄에서 장엄으로 가다 마지막 환상으로,

자신의 위대함에 감탄하다 정신 잃은,

사회의 적, 자신의 적.

세 사제　오 토머스 대주교님 이 골치 아픈 물살과 싸우지 마시오,

이 맞설 수 없는 바람 타고 가지 마시오, 폭풍우 속에선

바다 물결 가라앉기 기다려야 하지 않겠소, 밤에는

동이 트길 지켜봐야 하고, 그래야 여행객은 갈 길 찾고

뱃사람은 태양 따라 뱃길 잡을 것 아니오?

코러스, 사제들, 유혹자들 〔번갈아 가며〕

코러스　이건 부엉이가 부르는 소린가, 아니면 나무 사이에서 오는 신
호인가?

사제　창문 빗장은 단단히 잠갔나, 문엔 자물쇠 걸어 채웠나?

유혹자　이건 창문 두드리는 빗소리인가, 문틈 비집고 들어오는 바람

인가?

코러스   홀에 횃불은 타고 있는가, 방엔 촛불 켜났는가?

사제   파수꾼은 벽 따라 걷고 있는가?

유혹자   대문 곁에서 맹견이 어슬렁거리는가?

코러스   죽음의 손은 백 가지 또한 다니는 길은 천 가지.

사제   모두 뻔히 보는 데 올 수도, 안 보이게 안 들리게 올 수도.

유혹자   귓속으로 속삭이며 올 수도, 아니면 냅다 골통을 가격할 수도.

코러스   사람이 밤에 등불 들고 걷지만, 그래도 도랑에 빠질 수도.

사제   사람이 낮에 계단을 올라가지만, 그만 헛디뎌 넘어질 수도.

유혹자   사람이 밥상 앞에 앉아 있지만, 오장육부에 냉기를 느낄 수도.

코러스   우린 행복하지 못했어요, 나리, 우린 별로 행복하지 못했어요,

우린 무지한 여인들, 우린 기대할 것과 안 할 걸 알지요.

우린 알지요 압제와 고문을,

우린 알지요 강탈과 폭력,

궁핍, 질병,

겨울에 냉방에서 떠는 노인들,

여름에 젖 못 먹는 아기를,

우리의 노동은 모두 뺏겨버리고,

우리의 죄는 더 무겁게 우릴 짓눌러.

우린 보았지요 젊은 사내 팔다리 잘리는 것을

찢긴 처녀 물레방아 옆 떨고 있는 것을.

그래도 우린 살아갔지요,

살았지요 반쯤 살았지요,
부스러기 집어 모아놓으며,
밤엔 잔가지 주워 담으며,
반쯤 집 같은 거 지어놓고,
거기서 자고, 먹고, 마시고, 웃으며.

하느님은 늘 우리에게 무슨 이유, 무슨 희망을 주셨지만, 하지
만 지금은 새로운 공포가 우리를 더럽히니, 그 누구도 피할 수,
누구도 회피할 수 없어, 우리 발 아래로 또 하늘 위로 흘러 다니
니,
　문 밑으로 굴뚝 아래로, 귓속으로 입으로 눈으로 흘러 다니
니.
　하느님이 우릴 떠나시고 있어, 하느님이 우릴 떠나시고 있어,
태어남과 죽음보다 더한 아픔, 더한 고통.
　달콤하게 질리도록 어둔 공기 속으로
　숨통 막는 절망의 향취 내려오네,
　어둔 공기 속 형체들이 모습 갖추네,
　표범의 으르렁 야옹 소리, 쿵쿵 걸어오는 곰 발자국 소리
　톡톡 박수 치며 끄덕이는 원숭이, 하이에나 납작 기다리네
　웃음, 웃음, 웃음을. 지옥의 주인들이 여기에 있구나.
　이들이 당신을 둥글둥글 에워싸네, 발치에 누워, 어둔 공기
속으로 빙빙 흔들흔들.
　아 토머스 대주교님, 우릴 구하소서, 구하소서, 자신을 구하
소서 그래서 우리 구원받게.

자신을 파괴하시면 우리도 파괴되오.

토머스   자 이제 내 길은 분명하다, 이제 의미는 명백하다.

유혹이 다시는 이런 식으로 찾아오지 않으리라.

마지막 유혹이 가장 심한 반역이었다,

옳은 일을 틀린 이유에서 실행하는 것이니.

가벼운 죄에 담긴 타고난 생기로

그 길 따라 우리는 삶을 시작한다.

삼십 년 전, 나는 온통 찾아다녔었다

쾌락과 출세와 칭송으로 이어지는 길들을.

지각, 학식, 사색의 기쁨,

음악과 철학, 호기심,

라일락 나무의 보라색 피리새,

마상 경주 솜씨, 체스 판의 전략,

정원에서 연애하기, 악기 반주 노래하기,

모두 다 똑같이 바람직한 것들이었다.

미리 가진 힘 다 써버렸을 때 야심이 찾아온다

우리가 모든 게 가능치 않음 깨달을 때.

야심이 뒤로 들어온다, 눈치 못 채게.

죄는 선행과 함께 자라난다. 내가 왕의 법을 부여할 때

잉글랜드에서, 또 왕과 함께 툴루즈와 전쟁할 때,

난 귀족들을 그들 방식대로 패퇴시켰다. 나는

그땐 나를 몹시 얕보던 자들을 경멸할 수 있었다,

설익은 귀족들, 행실도 그들 손톱 때처럼 지저분해.

내가 왕과 한 식탁에서 먹던 그 무렵

하느님의 종이 되는 건 전혀 내 뜻 아니었다.

하느님의 종은 더 큰 죄 지을 수 있다

또 슬픔도 더 많고, 왕의 종노릇하는 자보다.

보다 큰 명분 섬기는 자들은 그 명분이 자신을 섬기게 할 수 있기에,

옳을 일 하면서도. 또 정치꾼 인간들과 다투면서

그 명분이 정치색에 물들 수 있다. 이들이 하는 짓 때문

아니라 이들의 됨됨이 때문에. 나는 안다

당신들[17]에게 아직 보여줄 내 역사의 나머지는

아마 당신들 대부분에겐 그저 무모함으로 보일 것임을,

미친 자가 정신 나가 자신을 살육하는 것으로,

광신도의 오만한 열정으로.

난 안다 역사란 어떤 시대건 추론해냄을

극히 멀리 떨어진 원인이 가장 괴상한 결과를 낳았다고.

하지만 모든 악, 모든 신성모독 때문에,

범죄, 부당함, 압제와 목 자르는 도끼날,

무관심, 착취 때문에, 당신, 또 당신,

또 당신, 모두 다 벌 받아야 한다. 당신도 마찬가지.

나는 더 이상 행하거나 당하지 않으리라, 칼끝 따라가면서는.

이제 내 선한 천사가, 하느님이 지명해서

날 지켜주니, 칼끝 노린 위로 떠 있구나.

---

17) 여기서부터 언급되는 "당신"은 관객 내지는 독자에게 직접 말을 하는 효과를 만들어낸다.

간주곡

대주교

대성당에서 1170년 크리스마스 아침에 설교하다

"지극히 높은 곳에서는 하느님께 영광이요 땅에서는 기뻐하심을 입은 사람들 중에 평화로다." 루가의 복음서 둘째 장 열네번째 절. 성부와 성자, 성령의 이름으로. 아멘.

사랑하는 하느님의 자녀들이여, 이 성탄 아침 나의 설교는 매우 짧을 것이오. 나는 다만 여러분이 성탄절 날 미사의 깊은 뜻과 신비를 가슴속으로 묵상하기를 바랄 뿐입니다. 왜냐하면 미사를 드릴 때는 언제건, 우리가 우리 주님의 수난과 죽음을 다시 재현하는 것입니다만, 오늘 크리스마스 날에는 우리가 그분의 탄생을 기념하며 미사를 드리기 때문이지요. 따라서 우리는 오늘 그분이 인간들을 구원하기 위해 오신 것을 기뻐하며, 동시에 또 그분의 몸과 피를 온 세상의 죄를 씻어내는 희생 제물로 하느님께 다시 바치는 것입니다. 바로 이제 막 지나간 어젯밤에 베들레헴 양치기들 앞에 하늘의 허다한 천군 천사들이 나타나, "지극히 높은 곳에서는 하느님께 영광이요, 땅에서는 기뻐하심을 입은 사람들 중에 평화로다"라고 했습니다. 한 해 중에서 바로 이 순간에는 우리가 우리 주님의 탄생과 십자가에서 그분의 수난과 죽음, 이 두 가지를 동시에 기념합니다. 사랑하는 이들이여, 이 세상의 시각으로 보면 이것은 아주 괴상한 방식으로 행동하는 것입니다. 이 세상에서 그 누가 동시에 애도하고 또한 기뻐할까요, 그것도 똑같은 이유에서? 기쁨이 애도의 슬픔에 압도당하거나, 아니면 애도의 슬픔이 기쁨에게 쫓겨나기 마련일 테니, 우리 기독교의 깊은 뜻 안에서만 우리가 동시에 똑같은 이유에서 기뻐하고 또 애도할 수 있는 것입니다. 그런데 잠시 이 '평화'라는 말의 뜻에 대해서 생각해봅시다. 천사들이 평화를 선포했다는 것이 여러분에게는 이상하게 보이나요, 이 세상이 끊임없이 전쟁과 전쟁의 공포에 시달리고 있는데? 이 천사들의 목소리가 뭔가 잘못 알고 있고, 또 이 약속은 실망과 사기로 보이나요?

자 이제 생각해봅시다, 우리 주님이 몸소 이 평화에 대해 뭐라고 말씀하셨는지를. 그분은 제자들에게, "나는 너희에게 평화를 주고 간다, 내 평화를 너희에게 준다"[18]라고 하셨습니다. 그가 뜻하신 평화가 우리가 생각하는 그런 것일까요. 잉글랜드 왕국이 이웃 나라들과 평화롭게 지내는 것, 귀족들이 왕과 평화를 유지하고, 장사하는 평민들은 평화롭게 이윤을 세고, 집안 살림 깔끔하고, 식탁에 앉아 아끼던 포도주를 친구와 마시며, 아내는 아이들에게 노래해주는 그런 평화일까요? 그분의 제자였던 그 사람들은 이런 걸 전혀 알지 못했습니다. 오히려 이들은 먼 길로 여행을 떠나서, 땅으로 바다로 다니며 고생했고, 고문당하고, 옥에 갇히고, 실망하고, 순교의 죽음을 당했을 뿐이지요. 그렇다면 그분이 뜻하신 건 무엇일까요? 여러분이 이렇게 묻고 있다면, 그분

---

18) 「요한복음」 14장 27절.

이 또한, "내가 너희에게 주는 것은 세상이 주는 것과 같지 아니하다"라고 하신 것을 기억하시기 바랍니다. 그렇다면, 그분은 제자들에게 평화를 주셨습니다만, 이 평화는 세상이 주는 평화가 아닌 것입니다.

또 한 가지 아마 여러분이 전혀 생각해본 적 없던 것도 유념하길 바랍니다. 우리는 이 성탄 축일에 우리 주님의 탄생과 그분의 죽음을 기념할 뿐 아니라, 바로 다음 날에 우리는 그분의 첫 순교자인, 축복받은 스테파노를 기념합니다. 이게 우연의 일치라고 여러분은 생각하시나요, 그리스도가 태어나신 바로 다음 날에 첫 순교자의 날이 이어진다는 것이? 전혀 그렇지 않습니다. 우리가 우리 주님의 탄생과 수난을 동시에 기뻐하고 또한 애도하듯이, 우리는 그보다는 작은 규모이긴 하나, 순교자들의 죽음을 기뻐하고 또한 애도하는 것입니다. 우리가 애도하는 것은 이들을 순교하게 만든 이 세상의 죄 때문이요, 우리가 기뻐하는 것은 또 하나의 영혼이 천상의 성인들에 합류해 하느님의 영광을 드높이고 인간을 구원하는 사역에 동참하기 때문입니다.

사랑하는 이들이여, 우리는 순교자를 단지 그가 훌륭한 기독교도이기 때문에 죽임을 당한 것이라고 생각하지는 않습니다. 그렇다면 그것은 순전히 애도할 일만 되기 때문이지요. 우리는 그를 단지 훌륭한 기독교도가 성인들의 일원으로 승격되었다고만 생각하지 않습니다. 그렇다면 그것은 단지 기뻐하기만 할 일이기 때문입니다. 우리의 애도함과 우리의 기뻐함은 이 세상이 하는 것과는 다릅니다. 기독교도의 순교는 우연인 경우는 절대로 없습니다, 우연히 순교자가 되는 법은 없으니까요. 더욱이 기독교인의 순교는 한 사람이 성인이 되려는 의지의 결과일 수 없습니다. 사람이 의지력과 계략으로 다른 사람들의 지배자가 되는 것과 다르지요. 순교는 언제나 하느님의 계획 속에 있는 것으로, 그분이 인간을 사랑하셔서 순교를 통해 사람들에게 경고하고, 이들을 인도해 그분의 길로 다시 데려오시고자 하는 것입니다. 순교는 절대로 인간의 계획일 수 없습니다. 진정한 순교자는 하느님의 도구가 된 자이고, 자기 의지를 하느님의 의지 속에서 상실한 자이며, 더 이상 자신을 위해서는 욕망하는 바가 전혀 없는, 심지어 순교자의 영광마저도 욕망하지 않는, 그런 사람입니다. 따라서 이 땅에서 **교회**가, 이 세상은 이해할 수 없는 방식으로, 애도하고 동시에 기뻐하듯이, 하늘에서 성인들은 지극히 높은 이들임에도 가장 낮은 자가 되어서, 우리가 그들을 보는 방식대로가 아니라, 오직 하느님의 보좌에서 나오는 빛에서만 보이고, 그 빛에서 자신들의 존재를 얻는 것입니다.[19]

사랑하는 하느님의 자녀들이여, 나는 오늘 여러분들에게 과거의 순교자들에 대해 말하면서 여러분이 특히 우리 캔터베리의 순교자인 축복받은 대주교 엘페게[20]를 기억해주길 당부합니다. 왜냐하면 그리스도가 태어난 날 그가 우리에게 가져다준 평화가 어떤 것인지 기억하는 게 마땅하고, 또한, 사랑하는 자녀들이여, 내가 여러분에게 다시는 설교하지 못하리라 생각하기 때문입니다. 왜냐하면 얼마 안 있어서 여러분에게 또 다른 순교자가 생길 가능성이 있고 또한 그게 마지막 순교가 아닐 수 있기 때문입니다. 나는 여러분이 가슴속에 내가 하는 이 말들을 새겨두길, 그리고 다른 때에도 그 말들에 대해 생각해주길 바랍니다. 성부와 성자, 성령의 이름으로. 아멘.

---

19) 친국의 성인들에 대한 이와 같은 묘사는 단테의 「천국」이 그 출처이다. 빛이 존재가 되고 존재가 빛인 곳에서 모든 성인들은 빛으로만 존재한다.

20) Elphege 혹은 Ælfheah(953~1012): 거룩하고 신실한 삶을 살아 많은 이들의 존경을 받던 캔터베리 대주교로, 바이킹 족의 습격을 받아 포로로 잡혀 있다가 죽임을 당했다. 그는 사망 후 성인으로 추앙되었다.

2막

코러스　남쪽에서 새가 우는가?

오직 바닷새만 울 뿐, 폭풍에 뭍으로 밀려와.

올봄의 징표는 무엇?

오직 낡은 해의 죽음뿐, 움찔, 새싹, 숨결, 그 무엇도 없어.

날이 길어지기 시작하나?

날은 길어지고 더 어두워, 밤은 짧아지고 더 추워.

잠잠하고 갑갑해 공기는, 하지만 바람 하나 동편에 쌓이는

중.

굶주린 까마귀 들판에 앉아, 잔뜩 노려. 또 숲에는

부엉이 휑한 죽음 소리 연습해.

쓰디쓴 봄의 징표는 무엇?

동쪽에 비축된 바람.

아니, 우리 주님 탄생 계절, 성탄 절기에,

이 땅엔 평화도, 인간 사이 선의도 없나?

이 세상의 평화는 언제나 불확실해, 인간이 하느님의 평화 지

키지 않는 한.

인간 사이 전쟁은 이 세상 더럽히나, 주 안에서 죽으면 세상

을 새롭게 하리,

또 이 세상을 겨울엔 씻어놔야 하리, 아니면 우린 그저

상한 봄, 메마른 여름, 텅 빈 추수만 얻게 되니.

성탄절과 부활절 사이 무슨 일 해야 할까?

농군은 삼월에 나가 예전에 갈았던

그 땅 다시 갈고, 새는 같은 노래 지저귈 것이니.

나무에 잎사귀 나올 때, 딱총나무 산사나무

물가로 뻗쳐 나올 때, 또 공기 맑고 높고,

또 목소리들 창문 떨리듯 종알대고, 아이들은 문 앞에서 몸
굴리며 놀 때,

무슨 일을 다 해봤을까, 무슨 잘못을

새들 노랫소리로 덮을까, 푸른 나무로 덮을까, 무슨 잘못을

새 흙으로 덮을까? 우린 기다려, 또 시간은 짧아.

하지만 기다림은 길어.

〔사제 1 입장. 성 스테파노의 기를 앞에 들고 들어온다. 노래의 가사들은 이
   탤릭체로 표시한다.〕

사제 1   크리스마스에서 하루 지나, 성 스테파노 첫 순교자의 날.

수령들이 모여 앉아 나를 모함하오나.[21]

이날은 토머스 대주교님께 늘 각별했지요.

그리고 무릎 꿇고 큰 소리로 외치기를,

주님, 이 죄를 저 사람들에게 지우지 마소서[22]

---

21) 성 스테파노 기념 미사 입당송, 『구약성서』「시편」 119편.
22) 성 스테파노(스테반)가 죽기 진전 한 기도. 『신약성서』「사도행전」 7장 60절.

수령들이 모여 앉아

[성 스테파노 입당송이 들린다.]

[사제 2 입장, 사도요한의 기를 앞에 들고 들어온다.]

사제 2   성 스테파노의 날에서 하루 지나, 성 사도요한의 날.
회중 앞에서 입을 열어 할 말을 일러주네.[23]
천지가 창조되기 전부터 계셨던 그분을 우리가 들은 대로[24]
우리가 눈으로 보고 손으로 만져보았던
생명의 말씀, 우리가 보고 들은 그분을
여러분에게 선포합니다.
회중 앞에서

[성 요한의 입당송이 들린다.]

[사제 3 입장, 무고한 어린이 순교자들의 기를[25] 앞에 들고 들어온다.]

사제 3   성 사도요한의 날에서 하루 지나, 무고한 어린이 순교자들의 날.

---

23) 성 토마스 아퀴나스 기념 미사의 입당송(성 사도 요한 기념 미사가 아니라). 『외경』
「집회서」 15장 5절.
24) 이 행과 이어지는 세 행은 『신약성서』 「요한 1서」 1장 1절.
25) 「마태복음」 2장에 따르면, '유대인의 왕'이 태어났다는 말을 들은 헤롯 왕은 아기 예수
가 태어난 베들레헴과 인근의 갓 태어난 남자아이들을 다 죽이도록 시킨다. 이때 죽임
을 당한 영혼들이 "무고한 어린이 순교자(Holy Innocents)"들이다.

어린이, 젖먹이들이 노래합니다, 아 하느님.[26)]

큰 물소리, 요란한 천둥소리, 여러 하프 소리 같은 목소리로.[27)]

이들은 새로운 노래를 부르고 있었으니.

당신의 성인들을 죽여 피바다같이 되었지만[28)]

묻어줄 사람 아무도 없었습니다. 갚아주소서, 오 주여,

당신의 성인들이 흘린 피를. 라마에서 들려오는 소리, 울부짖는 소리[29)]

어린이, 젖먹이들이 노래합니다, 오 하느님!

[사제들은 모여서 각자 들고 있는 기 뒤로 선다.]

사제 1 무고한 어린 순교자들의 날에서 하루 지나, 크리스마스에서 네번째 날.

세 사제 *모두 기뻐하세, 거룩한 날 지키며*

사제 1 백성을 위해, 또 자신을 위해, 죄 용서받기 위해서.[30)]

그는 자기 양을 위해 자기 목숨을 바치시네.[31)]

세 사제 *모두 기뻐하세, 거룩한 날 지키며*

사제 1   오늘?

---

26) 「시편」 8장 2절 인용.
27) 이 행과 다음 행은 「요한계시록」 14장 2~3절 인용.
28) 이 행과 다음 행은 「시편」 79장 3절 인용.
29) 「마태복음」 2장 18절 인용.
30) 「히브리서」 9장 7절 인용.
31) 「요한복음」 10장 11절 인용.

사제 2   오늘, 오늘이 뭔가? 이미 반쯤 날이 지났는데.

사제 1   오늘, 오늘이 뭔가? 그저 또 다른 날, 한 해의 황혼.

사제 2   오늘, 오늘이 뭔가? 또 다른 밤, 또 다른 여명.

사제 3   우리가 알듯이 희망하고 두려워하는 그날은 뭔가?

  매일매일이 우리가 두려워하고 희망할 날. 한 순간은

  다른 순간처럼 버거워. 오직 회상, 선별 덕에

  우린, 그날이었다 말할 뿐. 결정적 순간은

  늘 지금, 여기. 바로 지금, 너저분한 특수함들 속

  영원한 계획이 드러날 수 있으리.

〔네 기사들 입장. 기들은 사라진다.〕

기사 1   왕의 충신들이오.

사제 1   그러신 줄 우리도 압니다.

  어서 오시오. 멀리서 달려오셨나요?

기사 1   오늘은 멀리서는 아니지만, 시급한 문제가

  우릴 프랑스에서 오게 했소. 우린 열심히 말 달려,

  어제 배를 탔고, 간밤에 도착했소,

  대주교와 볼일이 있어서.

기사 2   시급한 일이오.

기사 3   왕이 시키신.

기사 2   왕의 명령에 의해서.

기사 1   우리 병사들이 밖에 있소.

사제 1   아시다시피 대주교님은 손님을 환대하시는 분.

우린 마침 식사하러 갈 참이었습니다.

선하신 주교님이 화내실 것 같군요

우리가 대접을 제의하지 않으면

업무 보시기 전에. 같이 식사들 하시지요.

댁의 병사들도 챙겨주도록 하겠습니다.

업무 전에 식사부터. 돼지구이 좋아하시는지?

기사 1 식사 전에 업무부터. 댁들의 돼지는 먼저 우리가

굽고, 그다음에 그걸로 식사하겠소.

기사 2 우린 대주교를 꼭 봐야겠소.

기사 3   가서, 대주교한테 전하시오

그 양반한테 대접받을 일 없다고.

우리 식사는 알아서 할 테니.

기사 1 〔시종에게〕 가서, 대주교님께 전하시게.

기사 4 얼마나 더 우릴 기다리게 할 작정이오?

〔토머스 입장〕

토머스 〔사제들에게〕 우리의 예상이 아무리 확실하다 해도

예견한 순간은 예상치 못했을 수 있구나

그게 당도할 때는. 꼭 그럴 때는 달리

긴박한 문제들에 몰두하게 되는구나.

내 탁자에 가보시오

서류들 정리해뒀고 문서들 결재해놨으니.

〔기사들에게〕 환영합니다, 무슨 일로 오셨건 간에.

왕이 보내셨다 하셨나요?

기사 1　　　　　　　　　　　　물론 당연 왕이 보내셨지요.

댁과 따로 좀 얘기해야겠소.

토머스　〔사제들에게〕　　　　그럼 우릴 두고 가보시오.

자, 뭔가 문제요?

기사 1　　　　　　　　　이게 문제요.

세 기사　당신은 왕에게 반역한 대주교요, 왕과 나라의 법에 반역한 자,

당신은 왕이 대주교로 만들어준 자, 그의 명령 수행하라고 그 자리에 앉힌 것.

당신은 그의 종, 도구, 연장,

왕의 호의를 등에 업고,

당신이 누린 영예는 모조리 왕의 손에서 나온 것, 그가 권력, 인장과 반지를 준 것.

이 자가 바로 장사꾼 아들, 칩사이드 출신 장돌뱅이 떨거지,[32]

이런 자가 왕에게 기어오르다니, 오만해져 간이 부었지.

런던 쓰레기 더미서 기어 나와,

속옷에 붙어사는 이처럼 기어 올라와,

사기 치고 등쳐먹고 거짓말하는 자, 제가 한 맹세 깨고 자기 왕을 배반한 자.

토머스　그것은 사실이 아니오.

---

32) 토머스 베켓은 노르망디인 후손이긴 하나 부모가 부유한 편은 아니었고 런던의 칩사이드(Cheapside, '시장터'라는 뜻)에서 자라났다.

내가 반지를 받기 전이나 후에도

나는 왕께 충성하는 백성이오.

수도자의 임무만 빼면, 나는 그의 명령을 따르오,

이 땅에서 그의 가장 충직한 신하로서.

기사 1   수도자의 임무 빼면! 수도자 임무가 당신을 구해주나 보자—

내 생각엔 별로 그럴 것 같지 않지만.

당신의 야망만 빼면, 그게 말뜻이겠지,

당신의 오만, 시기, 성질만 빼면.

기사 2   당신의 방자함과 탐욕만 빼면.

우리한테 하느님께 기도해달라고 당부하시지, 지금 힘든 형편

이잖아?

기사 3   맞아, 우리가 기도해주지!

기사 1   맞아, 우리가 기도해주지!

세 기사   맞아, 우리가 하느님께 댁을 도우라고 기도해주지!

토머스   하지만, 이 양반들아, 당신들 업무가

시급하다고 하더니, 그게 결국엔

비방하고 신성모독 하는 거였나?

기사 1   그건 다만

우리의 분노 때문이오, 충성된 백성으로서.

토머스   충성? 누구에게?

기사 1   왕께!

기사 2   왕께!

기사 3   왕께!

세 기사   하느님의 복 받으실 그분!

194

토머스 그렇다면 그대들이 새로 입은 충성의 겉옷을 조심해서
입으시게, 때 묻거나 찢어지지 않게.
할 말이 뭔지?

기사 1   왕의 명령에 의해.
지금 말을 할까?

기사 2   지체 없이 바로.
늙은 여우가 빠져나가 도망가기 전에.

토머스   할 말이 뭔지
왕의 명령에 의해서라니—왕의 명령이 맞는다면—
공적으로 말해야 할 것 아닌가. 나를 기소한다면
나는 공적으로 반박할 것이오.

기사 1   아니! 여기서 지금!

〔기사들은 그를 공격할 자세를 취하지만, 이때 사제들과 시종들이 돌아와
조용히 그 사이를 가로막는다.〕

토머스 지금 여기서!

기사 1 그대의 예전 비행은 언급하지 않겠소.
너무나 잘 알려진 것들이니. 그러나 불화가
끝난 후, 프랑스에서, 또 당신이 다시
예전의 특권들을 돌려받자, 댁은 고마움을 어떻게 표현했나?
당신은 잉글랜드에서 도망간 거야, 망명이 아니라
누가 협박한 것도 아니잖아, 하지만 프랑스 영지에서
분란을 부추길 저의를 품고 간 거잖아.

나라 밖에서 불화의 씨를 뿌리고 다니며, 당신은
우리 왕을 프랑스 왕 앞에서, 교황 앞에서 매도했고,
왕에 대해 거짓된 견해들을 갖게 만들었잖아.

기사 2   그럼에도 왕께서는, 자비심에서,
또 그대의 지인들이 부탁하니, 관용을 베풀어
화해 약정을 맺고, 모든 분쟁을 끝내고
당신 요구대로 대주교 자리로 돌려보냈지.

기사 3   그대의 범죄 행위 기억을 묻어두고
그대의 명예와 그대의 소유를 복원시켜줬지.
그대가 청구한 바 모두 주셨는데,
그럼에도, 다시 묻건대, 댁은 고마움을 어떻게 표현했나?

기사 1   젊은 왕자 세자로 책봉한 이들을 정직시키며
세자 책봉의 적법성을 부인하질 않나.

기사 2   파문을 쇠고랑 삼아 묶어놓질 않나.

기사 3   자기가 갖고 있는 모든 수단 동원해
왕의 충직한 신하들, 왕이 없을 때 대신
국사를 맡은 이들의 권리를 박탈하려 들지 않나.

기사 1   이것 모두 사실들.
그러니 말해보시오 그대가 왕의
면전에서 해명할 용의 있는지. 그래서 우리를 보내신 것이니.

토머스   그건 전혀 내가 바라는 바 아니었네
그분 아들 세자 책봉을 무효화하거나 명예와 권세를
위축시키는 것은. 그분이 왜 그러시나 모르겠네
내 백성들에게서 나를 빼앗고 나를 지인들과 차단시켜

196

나 홀로, 캔터베리에 앉아 있기를 바라시는지?

　　난 왕세자 왕관 하나가 아니라 셋이라도 씌워주고 싶네,

　　또 주교들은, 내가 멍에를

　　그들에게 씌운 것이 아니고, 또 나는 취소할 권한이 없네.

　　그 사람들은 교황께 가라 하시게. 그가 그들을 정죄한 것이

니.

기사 1　　당신 통해 이들이 정직된 거니.

기사 2　　　　　　　　　　　　　　당신이 이걸 고쳐놔야지.

기사 3　　이들을 사면하시오.

기사 1　　　　　　　　　　사면하시오.

토머스　　　　　　　　　　　　난 부인하지 않겠소

　　이 조치가 나를 통한 것임을. 그러나 내 맘대로

　　교황이 묶어놓은 걸 풀 수는 없어.

　　그분께 가라고 하시게, 그분에게 돌아가니

　　이들이 나를 또 교회를 무시한 책임이.

기사 1　　그러건 말건, 여기 왕의 명령이 있어,

　　당신과 당신 종들은 이 땅에서 떠나라는.

토머스　　정말 그게 왕의 명령이라면 나 감히

　　말하겠네, 칠 년 동안 내 백성들은 나 없이

　　지내었지, 칠 년 동안 비참함과 아픔 속에.

　　칠 년 동안 외국 땅에서 자선 구걸하며

　　난 나라 밖에 머물렀네, 칠 년이 어찌 잠깐일까.

　　난 그 칠 년 다시 돌려받지 못해.

　　내가 분명히 말해두지, 다시는,

바다가 양 떼와 목자 사이로 흘러가는 일 없을 거라고.

기사 1   왕의 정의와 왕의 위엄을,

그대가 극히 참담하게 모독하다니,

이런 오만한 미치광이, 왕을 대신한

신하들의 명예 더럽히길 주저치 않다니.

토머스   내가 왕을 모독하는 게 아니야,

또 나나 왕보다 더 높은 이가 있어.

나, 칩사이드 출신 베켓이 아니야.

또 그대들이 싸우는 대상은 나 베켓이 아니야.

파멸은 베켓이 선고한 게 아니라,

그것은 그리스도 교회의 법, 로마의 판결.

기사 1   신부 양반, 죽고 싶어서 그런 소리 하고 있나.

기사 2   신부 양반, 칼 맞을 위험 무릅쓰고 그런 소리 하나.

기사 3   신부 양반, 배반과 반역 소리 하고 있나.

세 기사   신부 양반, 반역자, 불법 행위 확정범!

토머스   나는 로마의 재판에 내 사건을 맡긴다.

그러나 그대들이 날 죽인다면, 나는 무덤에서 일어나

하느님의 보좌 앞에 내 사건을 맡기리라.

〔퇴장〕

기사 4   신부! 수사놈! 종놈! 저자를 잡아, 붙잡아, 잡아둬,

못 가게 해, 왕명이다.

기사 1   아니면 너희들 몸을 대신 내놓든지.

기사 2	말은 충분히 했다.
네 기사	우린 왕의 정의 실현하러, 칼 들고 온 거야.

〔모두 퇴장〕

코러스   난 그들 냄새 맡았다, 죽음 배달부들, 감각은 예리해진다
미묘한 예감으로. 난 들었다
밤 시간 피리 소리, 피리와 부엉이 소리, 정오에 보았다
비늘 덮인 날개 펼쳐 가리며, 엄청나고 황당하게. 난 맛보았다
수저에 담긴 썩는 살 향취를. 난 느꼈다
해 떨어질 때 대지 숨 몰아쉬는 걸, 좌불안석, 터무니없이. 난
들었다
괴상한 소음 내는 짐승들의 소란스러운 웃음소리를―자칼,
물총새, 갈까마귀, 허겁지겁 달려가는 생쥐랑 날쥐, 미친 새, 아
비 새 웃는 소리. 난 보았다
회색 목 뒤틀리고, 쥐꼬리 휘감기는 것을, 동틀 때 두터운 빛
속에서. 난 먹었다
아직 산 채로 흐물흐물한 생물들을, 바다 밑에 사는 살아 있
는 것들을 생생한 소금기 그대로, 난 맛보았다
산 채로 바닷가재, 게, 굴, 소라와 새우를, 또 내 창자 속 이것
들이 살며 알을 까고, 내 창자는 동트는 빛 속에 녹아 없어지고.
난 맡았다
장미에서, 접시꽃, 스위트피, 히아신스, 프림로즈와 앵초에서
죽음 냄새를. 나는 보았다

코끼리 코와 황소 뿔을, 멧돼지 어금니와 발굽을, 엉뚱한 장
소들에서.

나는 바다 바닥에 누웠고 말미잘 숨 쉴 때 같이 숨 쉬었고,
해면이 물 삼킬 때 같이 삼켰다. 난 흙 속에 누워 지렁이를 품평
했다. 허공에 떠서

솔개 나는 대로 따라 날아보다, 솔개 따라 같이 직각 낙하 떨
어지다, 굴뚝새 따라 움찔움찔. 난 느꼈다

딱정벌레 뿔을, 독사의 비늘을, 코끼리 둔감한 가죽 딱딱하게
꾸물대고, 물고기 미끌미끌 달아나는 것을.

난 냄새 맡았다

음식 그릇 썩는 걸, 변기에서 향내를, 피운 향에서 하수구를,
숲속 길에서 향긋한 비누 냄새를, 숲속 길에서 끔찍이도 향긋한
향취를, 땅이 들썩거리는 거기에서. 나는 보았다

빛이 둥글게 빙빙 돌며, 내려오자

원숭이 그걸 보고 공포에 질리는 걸. 내가 모를 리 있을까, 모
를 리가

뭐가 오게 돼 있는지를? 그게 여기 있었는데, 부엌에, 통로에,

마구간에 곳간에 장터 외양간에

우리 핏줄에 우리 창자에 또한 우리 두개골에도

또 막강한 이들의 음모에도

또 권력자들의 대책 회의에도.

숙명의 베틀이 엮어내는 그것

군주들의 회의장이 엮어내는 그것은

우리의 핏줄에도 엮여 있고, 우리 뇌에도.

엮여 있어 산 회충들이
캔터베리 여인들 내장에 만드는 모형처럼.

난 냄새 맡았다, 죽음 배달부를, 지금은 너무 늦어
행하기엔, 뉘우치긴 너무 일러.
가능한 건 오직 창피하게 기절한 척
끝판 굴욕에 동의한단 표시로.
난 동의했소, 대주교님, 동의했소.
날 억지로 떼어놓고 제압하고 겁탈했소,
자연의 정신적 신체와 합쳐져서
정신의 동물적 무력에 압도당해,
자기 파괴의 욕정에 지배당해,
마지막 극히 극단적인 정신의 죽음에 의해,
마지막 황폐함과 수치의 황홀경에 의해,
아 대주교님, 아 대주교 토머스, 우릴 용서하소서, 용서하소
서, 우리의 수치 벗어나, 당신 위해 기도할 수 있도록 우릴 위해
기도하소서.

[토머스 입장]

토머스   잠잠하시오, 또 여러분의 생각과 비전과 화해하시오.
         이 일들은 여러분에게 와야 했고 여러분은 이를 받아들여야
         했으니,
         이것이 여러분의 몫이 될 영원한 짐이자

영원할 영광이오. 이것이 한 순간이나,

그러나 아셔야 하오 또 다른 순간이

여러분을 갑자기 고통스러운 기쁨으로 찌를 것임을

하느님의 목적이 형상으로 완성될 그때에.

그대들은 이 일들을 잊을 것이오, 집안일로 수고하며,

그대들은 이 일들 기억할 것이오, 화로 소리 노곤히 들으며,

나이와 망각이 달콤한 기억만 남길 때

그저 무슨 꿈처럼 자주 얘기했고

또 얘기하며 자주 바뀐 것처럼. 사실이 아닌 것 같을 것이오.

인간이 버텨낼 만한 진실은 그리 많지 않으니.

[사제들 입장]

사제들　　[각자 따로] 대주교님, 여기 머무시면 안 됩니다. 성당으로. 수
　　　　　도원 회랑으로. 머뭇거릴 시간 없어요. 그들이 오고 있습니다,
　　　　　무장한 채. 제단으로, 제단으로.

토머스　　한평생 내내 오고 있었네, 저 발들은. 한평생
　　　　　난 기다려왔네. 죽음은 내가 감당할 만할 때만 올 것이니.
　　　　　또 내가 감당할 만하다면, 위험이랄 게 없네.
　　　　　따라서 나는 오직 내 의지를 완전케 하면 될 일.

사제들　　대주교님, 그들이 오고 있습니다. 그들이 아무 때건 박차고
　　　　　들어올 것입니다.
　　　　　죽임을 당하실 것입니다. 제단으로 오십시오.
　　　　　서두르세요, 대주교님. 여기서 얘기하며 머물지 마시고. 그건

합당치 않아요.

대주교님, 우린 뭐가 되나요, 죽임을 당하시면, 우린 뭐가 되나요?

토머스　가만! 조용히! 자네들이 지금 어디 있는지 기억하게, 또 무슨 일이 벌어지고 있는지.

오직 내 목숨만 노리고 있네,

또 난 위험에 처한 게 아닐세, 다만 죽음에 가까이 있을 뿐.

사제들　대주교님, 저녁 기도회로! 저녁 기도회에 불참하실 수 없잖아요.

거룩한 임무인데 빠지실 수 없잖아요. 저녁 기도회로.

대성당 안으로!

토머스　저녁 기도회에 가시게, 기도할 때 날 기억해주고.

그들은 목자를 여기서 발견할 걸세, 양 떼는 건드리지 않을 것이니.

난 환희의 떨림을 감지했었네, 천국이 내게 눈짓하고, 속삭이니,

더는 그걸 막지 말게. 모든 것이

기쁨의 완결로 향해 가는구나.

사제들　어서 붙잡아! 강제로 모셔! 끌고 가자!

토머스　이 손들 치우지 못해!

사제들　저녁 기도회로! 빨리!

〔사제들은 그를 강제로 끌고 간다. 코러스가 말하는 동안 장면은 대성당 안으로 바뀐다.〕

코러스   〔멀리서 '디에스 이레'[33]를 라틴어로 부르는 합창 소리가 들린
다.〕
손은 얼얼하고 눈시울은 메말라,
여전한 공포, 이 공포는
배 속을 째는 것보다 더 심해.

여전한 공포, 이 공포는
손가락 비틀 때보다 더 심해,
두개골 쪼갤 때보다 더 심해.

복도 발소리보다도 더,
출입구에 어린 그림자보다도 더
홀 안의 분노보다도 더.

지옥의 하수인들 사라지네, 인간은, 오그라들고 녹아 없어져
바람에 날리는 먼지로, 잊히고, 기억할 것 없고. 오직 여기 있
는 것은
죽음[34]의 하얗고 뻔뻔한 얼굴, 하느님의 조용한 종자,
또 **죽음**의 얼굴 뒤에는 **심판**이
또 **심판** 뒤에는 **공허**, 지옥의 뚜렷한 형체보다 더 끔찍해.

---

33) Dies Irae: 최후 심판의 날을 묘사하는 기도문으로 진혼미사(requiem)의 일부이다.
34) 이어지는 행에서 굵은 글씨로 표시한 낱말들은 원문에서 첫 글자가 대문자로 쓰인 낱
    말들이다.

텅 비고, 아무도 없고, 하느님에게서 갈라져,

힘 안 들이고 여행해 가는 공포, 텅 빈 땅으로

거긴 땅이 아니라, 그저 비어 있어, 아무도 없는, **공허**,

산 사람이었던 자들은 더 이상 맘을 돌릴

오락, 착각, 도피할 몽상, 가식, 불가능해,

거기선 영혼이 더는 속지 않아, 무슨 물체건 돌이건 전혀 없
으니,

무슨 색깔이건 형태건 없어, 영혼이 생각 돌릴 수 없어

자신만을 바라보니, 없음이 없음과 영원히 흉칙히 결합된 그
것을,

우리가 죽음이라 부르는 그것 아니라, 죽음 너머 죽음 아닌
그것을,

우린 두려워해, 두려워해. 그럼 누가 날 변호해줄까,

누가 날 위해 탄원해줄까, 내 가장 절박한 그때에?

나무에서 죽으신, 나의 구주시여,

당신의 수고가 헛되지 않게 하소서,

날 도우소서, 주여, 마지막 두려움의 순간에.

티끌인 나이기에 티끌 향해 쓰러집니다,

최후의 재앙 임박했으니

날 도우소서, 주여, 죽음 가까이 왔으니.

〔대성당 안. 토머스와 사제들〕

사제들	문빗장 내려라. 문빗장 내려라.
	문빗장 내렸다.
	우린 안전해. 우린 안전해.
	그들이 감히 부수고 들어오진 못하지.
	그들이 들어올 수 없어. 그럴 힘 없지.
	우린 안전해. 우린 안전해.
토머스	문빗장들 올려라! 문들 활짝 열거라!
	나는 허락 안 한다, 이 기도의 집, 그리스도의 교회,
	성전을 요새로 바꿔놓을 거냐.
	교회는 자기 자녀들 보호해야 하나, 자기 방식대로이지
	오크나무와 돌로는 아니다, 돌과 오크나무는 부식되고,
	지키지 못하나, **교회**는 버텨내리니.
	교회는 열려 있어야 한다, 우리의 적들에게도. 문 열거라!
사제들	대주교님! 저들은 사람이 아니라, 사람으로 오는 게 아니라,
	꼭 미친 짐승들 같아요. 저들은 사람 같지 않아요,
	성역을 존중하고, 그리스도의 몸 앞에 무릎 꿇는 사람
	아니라 짐승들 같아요. 빗장 내리시잖아요
	사자, 표범, 늑대나 멧돼지가 덤비면,
	오히려 저 짐승들은
	저주받은 인간의 영혼을 하고 있으니, 인간이지만
	저주받아 짐승 되길 원하는 자들이니 막아야지요. 대주교님,
대주교님!	
토머스	그대들은 내가 무모하고 자포자기 정신 나간 줄 생각하지.

그대들은 결과론만 알지, 이 세상이 하듯이,

어떤 행동이 좋은지 나쁜지 결정할 때.

그대들은 사실을 존중하지. 모든 삶과 모든 행동에는

선과 악의 결과들을 보여줄 수 있다네.

또 시간 속에 여러 행위 결과들이 섞여 있듯

선과 악도 끝에 이르면 뒤죽박죽.

내 죽음 알려질 터이나 시간 속은 아니니,

내 결정을 내린 것은 시간 밖에서일세,

이걸 결정이라 부를 수 있다면

내 존재 전체가 전적으로 동의하는 이것을.

난 내 생명을 내어주노라

인간의 **법** 위에 있는 **하느님**의 **법**에게.

문빗장 풀어라! 빗장을 풀어라!

우리가 싸움, 계략, 저항 통해 승리하자고 여기 있나,

짐승들과 인간으로서 싸우려는 건가. 우린 짐승과 이미 싸웠고

또 이겼노라. 우리 지금 할 일은 그저

당함으로써 이기는 것. 이것이 가장 쉬운 승리이니.

지금 **십자가**의 승리이니, 지금

문을 열거라! 나의 명령이다. 문을 열지 못할까!

〔문이 열렸다. 기사들 입장, 술에 약간 취해서〕

사제들   이리로, 대주교님! 어서. 계단 올라서. 지붕으로.

　　　　　지하실로. 어서. 강제로라도.

기사들	베켓 어디 있나, 왕께 반역한 자?
	베켓 어디 있나 참견쟁이 사제?
	다니엘 내려오게 사자들 굴 안으로,
	다니엘 내려오게 짐승의 표 받게나.[35]
	그대는 **어린 양**의 피로 씻기었나?
	그대는 짐승의 표 받아놓았나?
	다니엘 내려오게 사자들 굴 안으로[36]
	다니엘 내려오게 잔치 같이 하세나.
	베켓 어디 있나 칩사이드 꼬마 녀석?
	베켓 어디 있나 의리 없는 사제?
	다니엘 내려오게 사자들 굴 안으로
	다니엘 내려오게 잔치 같이 하세나
토머스	의로운 사람이야말로
	대범한 사자처럼, 두려움이 없어야 하리.
	나 여기 있다.
	왕에게 반역한 자 아니다. 난 사제요,
	그리스도의 피로 구원받은 기독교도.
	내 피로 고난당할 준비 되어 있다.

---

35) "짐승의 표"는 『신약성서』 「요한계시록」 13장 18절, 마지막 때에 그리스도교도들을 박해하는 적그리스도의 표를 가리킨다.

36) 『구약성서』 「다니엘서」 6장, 페르시아에 잡혀와 있던 히브리인 다니엘은 다리우스 왕의 명령을 거역하고 우상에게 절하지 않는다. 그 벌로 사자 굴에 던져지지만 하느님이 사자들의 입을 막아 그를 해치지 못하게 한다.

이것이 늘 교회의 표징이니.

피의 표징. 피에는 피.

그분의 피로 내 삶을 사셨으니,

내 피로 그분 죽음 값 지불하리라

나의 죽음으로 그분의 죽음을.

기사 1   당신이 파문한 자들을 모두 사면해.

기사 2   월권한 권력들 모두 내려놔.

기사 3   당신이 갈취한 돈 왕께 반환해.

기사 1   당신이 위반한 복종 의무 갱신해.

토머스   나의 주님을 위해선 난 죽을 준비가 되었네,

그의 교회가 화평과 자유 얻도록.

그대들 뜻대로 날 처분하라, 그대들의 몫은 상함과 수치이리

니.

하나 내 백성들을, 이것은 하느님의 명령이다,

평신도건 사제건, 건드리지 말거라.

이를 난 금지하노라.

기사들   반역자! 반역자! 반역자!

토머스   너, 레지널드, 세 배로 반역자인 너,

나의 세속 시절 가신으로서 나를 배반하고,

너의 영적인 주군인 나를 배반하고

하느님을 배반하는구나, 그분의 교회를 더럽히니.

기사 1   변절자에게 내가 무슨 의리를 지킬 일 있나,

내가 갚을 것 있다면 지금 갚지.

토머스   자 이제 전능하신 하느님, 복 받으신 마리아 영원한 동정녀,

복 받으신 세례자 요한, 거룩한 사도 베드로와 사도 바울, 복 받으신 순교자 드니,[37] 또 모든 성인들에게, 나와 또 교회의 앞날을 맡기나이다.

[기사들이 그를 죽일 동안, 우리에게 들리는 것은 다음과 같은 코러스]

코러스 공기 정화해라! 하늘 청소해라! 바람 씻어내라! 돌을 돌에서 옮겨라, 닦아라.

땅이 더럽구나, 물이 더럽구나, 우리의 짐승들과 우리들도 피로 더럽혀졌구나.

피의 비가 내려 우리 눈을 멀게 만들었구나. 어디가 잉글랜드? 어디가 켄트? 어디가 캔터베리?

아 멀고 멀고 멀고 먼 과거에 있구나. 또 난 메마른 가지만 있는 땅에서 방랑하니, 가지들 부러뜨리면 피가 흐르네, 난 메마른 돌만 있는 땅에서 방랑하니, 내가 돌들 만지면 피가 흐르네.

어찌어찌 내가 과연 돌아갈 수 있을까, 부드럽고 조용한 계절들로?

밤이 우리랑 머물며, 해를 멈추고, 계절 붙들고, 낮을 못 오게 막고, 봄이 못 오게 막는구나.

내가 다시 낮과 낮의 흔한 것들 볼 수 있을까, 보면 온통 피로 얼룩져 있지 않을까, 뚝뚝 떨어지는 핏방울 사이로 보이지 않을까?

---

37) Denys: 3세기 순교자 성 드니(Saint Denis). 파리의 주교로서 로마 황제에게 참수형을 당했다.

우린 아무 일도 일어나지 않았으면 했어요.

우린 사사로운 재난을 이해했어요,

개인적 상실, 일반적 불행,

살아가요 반쯤 살아 있으며.

방의 공포는 매일 하는 행동으로 끝나,

낮의 공포는 잠으로 끝나,

하지만 시장터에서 하는 말들, 빗자루 잡은 손들,

밤 시간에 재 모아 쌓아두기,

동틀 때 화로에 땔감 더하기,

이런 일들이 우리가 하는 고생의 전부.

각각 두려움마다 그걸 정의할 수 있었고,

각각 슬픔마다 나름 끝이 있었어,

살면서 그리 오래 비통해할 시간 없으니.

하지만 이것, 이것은 삶의 바깥, 시간의 바깥,

일순간 악과 잘못이 영원히 이어질 듯.

우린 오물에 더럽혀졌으나 씻을 수 없어, 초자연적 해충과 한 몸 되는구나,

우리만이 아니라, 집만 그런 게 아니라, 도시만 더럽혀진 게 아니라,

온 세상이 온통 더럽구나.

공기 정화해라! 하늘 청소해라! 바람 씻어내라! 돌을 돌에서 옮겨라, 팔에서 가죽 떼어내라, 뼈에서 근육 떼어내라, 씻어내라. 돌을 씻어라, 뼈를 씻어라, 뇌를 씻어라, 영혼 씻어라, 씻어라 씻어라!

〔기사들, 살인을 완수한 이들은 무대 앞으로 나아가 관객을 향해 발언한다.〕

기사 1   여러분 잠시 우리에게 집중해주시길 바랍니다. 여러분이 우리의 행동을 별로 호의적으로 판정하시지 않으리라는 점 우리도 잘 압니다. 여러분은 잉글랜드 분들이니까, 페어플레이가 중요하다고 믿으시잖아요. 그래서 한 사람을 넷이 습격하는 걸 보면, 온통 약자 쪽을 동정하시게 마련이지요. 저도 그런 정서를 존중합니다. 저 또한 그렇게 느낍니다. 그렇긴 해도, 저는 여러분의 명예심에 호소하고자 합니다. 여러분은 잉글랜드 분들이니까, 따라서 그 누구건 양쪽 입장을 다 들어보기 전에는 판결을 하시지 않잖아요. 그것이 우리의 유구한 전통인 배심원 재판 원칙에 부합하는 것이지요.[38] 저는 우리의 입장을 여러분에게 해명할 자격을 갖추지 못한 사람입니다. 저는 행동하는 사람이지 말이 장기는 아니니까요. 그런 이유에서 저는 다른 이들에게 발언권을 주고 소개하는 역할만 할 것인데, 이분들이 각기 다양한 역량을 갖고 있고 또 서로 다른 시각을 갖고 있으니 여러분에게 이 지극히 복잡한 문제의 유익한 점들을 제시할 수 있을 것입니다. 그럼 우리 중에서 제일 연장자, 저랑 같은 지역 이웃인 윌리엄 드 트레이시 남작님을 먼저 청해서 말씀을 듣겠습니다.

기사 3   저의 오랜 친구인 레지널드 피츠 우스[39]가 여러분이 믿도록

---

38) 토머스 베켓이 끝까지 맞섰던 헨리 2세는 배심원 재판을 비롯해 영국 법체계의 기초를 마련한 왕이기도 하다.

39) 이것은 노르망디인 귀족들의 전형적인 이름이나, 그 이름에 작가는 "곰의 아들(Fitz

유도하신 것과 달리 저는 뭐 그렇게 말에 능숙한 사람이 아닙니다. 하지만 한 가지 얘기는 해야 할 것이고, 그건 곧장 말해 버리는 게 좋겠습니다. 그건 바로 이겁니다. 우리가 이 일을 하면서, 여러분이 뭐라고 생각하시건 간에, 우리의 사리사욕은 전적으로 배제했다는 것입니다. [다른 **기사들**, '옳소! 옳소!'] 이 일로 막상 우리 자신들은 얻는 게 전혀 없어요. 얻기는커녕 오히려 손해만 보지요. 우린 평범한 네 명의 잉글랜드인들로서 우리 나라를 제일 먼저 생각합니다. 아마 방금 우리가 들어왔을 때 별로 좋은 인상을 주진 않았을 것 같네요. 사실 우리도 좀 껄끄러운 작업을 수행해야 한다는 걸 잘 알고 있었어요. 그냥 제 경우에만 국한해서 말씀드립니다만, 제가 오늘 술을 좀 많이 했거든요—보통 때 별로 술을 마시는 편은 아니지만—이 일을 해내려고요. 논점으로 들어가자면, 대주교를 죽인다는 건 좀 말이 안 되긴 합니다. 여러분 다 훌륭한 교회 전통 속에서 컸을 테니 특히 그렇지요. 그래서 우리가 좀 막갔다고 보인다면, 왜 그랬는지 그 이유를 이해하셔야 할 것입니다. 또 저는 개인적으로는 이 일을 엄청 안타깝게 생각해요. 우린 이게 우리의 의무임을 깨달았지만, 여전히 미리 열을 좀 받아야지 아니면 일을 못 하겠더라고. 또한, 내가 말했듯이, 우리 자신에겐 이 일로 땡전 한 푼 생기는 게 없다는 거예요. 일의 결과가 어떻게 될지 우린 완벽하게 알고 있거든요. 헨리 왕은—하느님이 왕을 축복하시길—이렇게 말해야 할 것이니까요. 국가를 경영하려면, '나는 절대로

Urse)"이라는 말장난을 담아놓았다. '드 트레이시'라는 프랑스식 이름도 노르망디나 북부 프랑스 출신 가문임을 말해준다.

이 일이 일어나길 바라지 않았소'라고. 그러고는 엄청 난리법석이 날 수밖에 없고, 또 잘돼봤자 우린 여생을 아마 외국에 나가서 보내야 할 겁니다. 또 심지어 합리적인 사람들이 이 대주교를 제거해야 할 필요성을 인정한다 해도—저는 개인적으론 그 양반이 무지 대단한 사람이라고 생각해요—그 사람 끝판에 멋지게 쇼하는 거 보셨지요—정작 우리들한테는 무슨 영예를 수여하겠어요. 그래요, 우리가 알아서 한 일이고, 전혀 착각한 바 없습니다. 그래서, 제가 말을 시작하며 언급했듯이, 이 일에서 우린 결코 사리사욕을 챙기려 한 게 아니다, 이 점만은 인정해주시길 바랍니다. 내가 할 말은 다 한 것 같군요.

기사 1   윌리엄 드 트레이시가 말을 잘했고 아주 중요한 지적을 했다는 데 아마도 우리 모두 동의할 것입니다. 그가 주장한 바의 핵심은 이거지요, 우리가 전혀 사리사욕이 없었다는 것. 그러나 우리의 행동 그 자체는 그것만으론 정당화되기 어려울 테니까, 다른 사람들 얘기도 마저 들어주셔야 합니다. 그다음으론 저는 휴 드 모빌을 모시겠는데요, 이분은 특히 국가 통치술과 헌법학에 조예가 깊으십니다. 자 휴 드 모빌 경.[40]

기사 2   저는 먼저 우리의 리더인 레지널드 피츠 우스가 아주 잘 표현한 바를 다시 강조하고 싶습니다. 여러분은 잉글랜드 분들이고, 따라서 늘 약자 쪽에 동정심을 주기 마련이지요. 그것이 잉글랜드의 페어플레이 정신입니다. 또 훌륭하신 대주교님은, 그의 장점들을 나도 매우 높이 평가했는데요, 줄곧 약자로 제시되었습

---

40) 이것 역시 전형적인 북서부 프랑스 출신 가문의 이름이지만, "죽음의 도시(Morville)" 라는 뜻이 담겨 있다.

니다. 하지만 이게 사실에 부합합니까? 저는 여러분의 감정이 아니라 이성에 호소할 것입니다. 여러분은 제가 보니까 사리판단이 분명한, 지각 있는 분들이고, 따라서 감정에 호소하는 미사여구에 넘어가지 않으시잖아요. 그래서 저는 냉정하게 좀 따져보시길 부탁드립니다. 대주교의 목표가 무엇이었나요? 또 헨리왕의 목표는 무엇이었나요? 이 질문들에 대한 대답이 이 문제를 풀 단서가 됩니다.

왕의 목표는 전혀 변함이 없었습니다. 고 마틸다 여왕께서 통치하실 때 또 그 불운한 찬탈자 스티븐이 들고일어났을 때,[41] 왕국이 상당히 갈라져 있었습니다. 우리의 왕께서는 절실하게 필요한 일은 다시 질서를 회복하는 것임을 파악하셨지요. 그리하여 지방 정부의 과도한 권력을 제어한 것인데, 지방 권력들을 주로 이기적이거나 반역적인 목적으로 행사했었으니까요. 그래서 법체계를 개혁하신 것입니다. 따라서 베켓이 아주 유능한 행정가임을 입증해 보였기에—그걸 아무도 부인하지 않지요—국새상서와 대주교 두 자리를 하나로 합치도록 의도하신 것입니다. 만약 베켓이 왕의 희망을 받아들였다면, 우린 거의 이상 국가에 근접한 나라가 되었을 것입니다, 교회와 세속 행정이 모두 중앙 정부 밑에 들어가니까요. 저는 베켓을 잘 압니다, 공식적인 자리에서 자주 봤으니까요. 그래서 나는 그 사람보다 최고 공직

---

41) 마틸다 여왕(Queen Matilda)은 잉글랜드를 정복한 노르망디 공 윌리엄의 아들 헨리 1세의 딸로 앙주의 제프리(Geoffrey of Anjou)와 결혼했고 헨리 1세가 죽자 영국 왕위를 두고 블루아의 스티븐(Stephen of Blois)과 12세기 초에 내전을 치렀으나, 양측 모두 확실한 승리를 얻지 못했다. 그녀의 아들 헨리 2세는 나라를 통일하고 권력을 장악했다.

자의 자리에 오르기에 더 적합한 사람도 없다고 말할 수 있습니다. 그런데 일이 어떻게 되었나요? 베켓이 왕의 요청으로 대주교 자리에 오르고 나자, 그는 국새상서 직을 사직했습니다. 그는 사제들보다 더 사제인 척하며 남들 눈에 띄게 또 역겨울 정도로 금욕적인 생활 방식을 따르더니, 즉시 우리 왕의 체제보다 더 위에 군림하는 체제가 있다고 주장했습니다. 왕의 신하로서 자기가 여러 해 동안 바로 그 왕의 체제를 수립하느라 애썼음에도 불구하고 말입니다. 또 무슨 근거인지 하느님이나 아실까, 황당하게도 두 체제는 공존할 수 없다고 한 것입니다.

여러분은 대주교가 이렇게 국사를 방해하기 시작하면 우리 같은 사람들은 본능적으로 거부감을 느끼기 마련이겠다고 수긍하실 것입니다. 여기까진 여러분이 동의하신다는 것을 알겠습니다, 여러분의 표정들을 보니까. 그런데 사안을 바로잡기 위해서 꼭 그런 방법을 채택할 수밖에 없었을까, 이 점만은 여러분이 문제 삼으시는 거지요. 우리보다 더 폭력의 불가피성을 유감으로 생각하는 사람들도 없을 것입니다. 불행히도, 때에 따라서는 폭력이 사회 정의를 지켜낼 유리한 길이 될 경우가 있습니다. 이후 시대 같으면 여러분은 의회의 표결을 통해 특정 대주교를 탄핵할 수 있을 것이고 그를 공식적으로 반역자로 규정해서 처형할 수 있을 것입니다. 그럴 경우에는 그 누구도 살인자라고 불리는 부담을 질 필요가 없겠지요.[42] 더 후대에 가면, 그런 온건한 조치들조차 불필요해질 것입니다. 하지만 만약 여러분 시대가 교

---

42) 17세기 영국 혁명 기에 찰스 1세의 측근이었던 대주교 윌리엄 로드가 1645년에 이와 같은 절차에 따라 처형되었다. 135쪽 각주 111) 참조.

회의 권리 주장이 국가의 안녕에 마땅히 종속되는 경지에 도달해 있다면, 기억하세요, 그 길로 가는 첫발자국을 뗀 사람들이 바로 우리라는 걸. 우린 여러분이 수긍하는 통치 질서가 실현되도록 하는 데 기여한 것입니다. 우린 여러분의 이익에 봉사한 것입니다. 우린 여러분의 박수를 받을 만합니다. 또 이 일로 죗값을 치러야 한다면, 여러분도 그걸 나눠 져야 합니다.

기사 1   모빌이 우리에게 생각할 거리를 잔뜩 주었군요. 내 생각엔 그가 거의 모든 걸 정리해줘서 더는 할 말이 없을 것 같습니다. 그의 아주 섬세한 논리를 따라가셨다면 말이죠. 하지만 발언할 사람이 하나 더 있는데요, 이분은 아마도 또 다른 시각에서 말씀하실 것 같군요. 만약 아직도 확신이 덜 서는 분들이 계시다면 리처드 브라이토가, 그는 교회를 열심히 섬기기로 정평이 난 가문 출신이니까, 여러분을 설득할 수 있을 것이라고 생각합니다. 자, 리처드 브라이토.

기사 4   나보다 앞서 말하신 분들은, 우리의 리더 레지널드 피츠 우스는 물론이고, 다들 정곡을 찌르는 말씀들을 하셨습니다. 저는 논리의 세부적인 부분에 대해서는 덧붙일 말이 없습니다. 제가 하고자 하는 말은 질문의 형태로 제시할 수 있습니다. 즉 '누가 대주교를 죽였나?' 여러분이 이 통탄할 장면을 지켜본 증인들이니까, 이렇게 표현한 것에 다소 놀라실지 모르겠습니다. 하지만 사건이 진행된 과정을 따져봅시다. 저는 아주 간략하게라도 방금 말씀하신 분이 다룬 내용을 다시 점검해보지 않을 수 없습니다. 돌아가신 이 대주교가 국새상서일 때는, 왕 밑에서, 이 나라를 하나로 단합시켰고, 통일시키고, 안정, 질서, 평안, 정의를 실현하는 데 그 양반처럼 크게 기여한 사람은 없었고, 또 그게 절실하게 필요한 것들이었지요. 그런데 대주교가 된 뒤로 그는 자신의 정책을 완전히 뒤집어버렸습니다. 그는 나라의 운명에는 전혀 무관심한 사람임을, 사실상 이기심으로 똘똘 뭉친 괴물이나 다름없음을 보여주었지요. 이 이기심은 점차 그의 안에서 커지다가 마침내 확실히 광기의 경지에 이르렀습니다. 저는 그가 프랑스를 떠나기 전에 명백히 예언하기를, 여러 증인들 앞에서, 자신이 살날이 얼마 안 남았으며 잉글랜드에 가서 죽임을 당할 거라고 했다는 확고한 증거를 가지고 있습니다. 그는 온갖 수단을 동원해서 화를 자초했습니다. 그가 취한 행동을 한 단계씩 보면 그가 순교자로 죽기로 결심했다는 추론을 하지 않을 수 없습니다. 심지어 마지막 순간에도 우리에게 해명할 수 있었음에도 그가 우리의 질문을 어떻게 회피했는지는 여러분이 보신 그대로입니다. 또한 그는 비록 우리가 인간적으로 더는 참을 수 없는 지경까지 의도적으로 우리의 화를 돋운 후에도, 여전히 쉽게 탈출할 수 있었지요. 그렇게 우리한테서 얼마간 떨어져 있다 보면 우리의 의로운 분노가 식을 수 있었을 테니까요. 그건 그가 결코 바라지 않았던 겁니다. 우리가 아직 분노로 불타오르고 있을 때 그가 소리쳤잖아요. 모든 문을 다 열라고. 제가 다른 말을 더 할 필요가 있나요? 저는 이 사실들을 여러분 앞에 제시했기에, 여러분은 주저하지 않고 '심신미약 상태에서의 자살'이라는 평결을 내리실 것이라 믿습니다. 여러분이 너그럽게 평결해주시려면 이것밖에 없습니다. 아무튼 대단한 사람이긴 했으니까요.

기사 1　　고맙습니다, 브라이토, 내 생각엔 더 이상은 할 말이 없을 것 같군. 자, 다들 이제 조용히 흩어져서 각자 집으로 가시는 게 어 떨까. 골목에 떼를 지어 모여서 빈둥대지들 않도록, 또 공공질서 해치는 일은 전혀 하지 않도록 주의들 하고.

〔기사들 퇴장〕

사제 1　　아 신부님, 신부님, 우리를 떠나, 곁에 안 계시니,

　　　　　당신을 어찌 찾을까, 어디 먼 곳에서

　　　　　우릴 굽어보시나요? 당신은 지금 천국에 계시니,

　　　　　누가 우릴 인도할까, 보호할까, 이끌까?

　　　　　무슨 두려움 더 겪으며 무슨 여행 끝나야

　　　　　우리 당신 모습 되찾을까? 언제 상속할까

　　　　　당신의 힘을? **교회**는 희망 잃고,

　　　　　외롭고, 짓밟히고, 황폐해져, 또 이방인이 그 잔해 위에 하느님 없는

　　　　　그들의 세상을 지을 것이니, 보이네 그 일이. 보이네 그 일이.

사제 3　　아니야. **교회**는 이 행위로 더 강해질 것일세,

　　　　　역경에서 더 승승장구. 박해 통해

　　　　　더 튼튼해져, 최고의 자리에 서 있으리니, 사람들이 교회를 위해 죽는 한.

　　　　　가라, 약하고 슬픈 자들이여, 길 잃어 방황하는 영혼들이여,

　　　　　땅에서나 하늘에서 집 없는 자들이여.

　　　　　가라 석양이 마지막 회색 반석 붉게 물들이는

브르타뉴로, 또는 헤라클레스의 기둥으로.[43]

가라 울적한 해안으로 난파당할 위험 무릅쓰고

검은 무어인들이 기독교도들 포로 삼는 곳으로,

가라 얼음에 갇혀 있는 북쪽 바다로

죽은 숨이 손을 얼얼하게 굳히고, 뇌를 아둔하게 만드는 그곳

으로,

사막 태양 밑에서 오아시스를 찾아라,

가라 이교도 사라센과 연맹을 도모하라,

그의 미천한 예식에 동참하며, 낚아채려 시도하라

그의 음욕 가득한 잔치에서 기억 지우는 법을,

대추나무 곁 분수에서 망각을,

아니면 아키텐[44]에 앉아 손톱이나 물어뜯든지.

머리뼈 속 자그마한 고통의 원 속을

그대는 여전히 한 방향 끝없이 밟고 돌고 돌며

사념에 붙잡혀, 그대의 행동을 자신에게 정당화하느라,

베 짜듯 이야기 꾸며내나 짜는 순간 풀어지니,

영원히 종종걸음 걷는 자옥에서 믿는 건 허구,

그건 절대로 믿음이 아니다. 이것이 이 땅에서 그대의 숙명

그렇다면 우린 더 이상 그대를 유념치 않으리라.

사제 1   아 대주교님

---

43) 브르타뉴Bretagne는 프랑스 서부 지방을, '헤라클레스의 기둥(Gates of Hercules)'은
   스페인 남부 지브롤터 해협을 각각 가리킨다.

44) Aquitaine: 보르도 와인 재배 지역이 포함된 프랑스 남서부의 비옥한 지역으로, 헨리
   2세가 지배하던 땅이었다.

당신의 새로운 경지 그 영광은 우리에겐 가려져 있으니,

자비 베풀어 우릴 위해 기도해주오.

사제 2   이제 하느님 보시며 계시니

먼저 가신 모든 성인들과 순교자들 대열에 합류하셨으니

우릴 기억하소서.

사제 3   도우소서 우리의 감사가 하느님께

상달되도록, 캔터베리에 또 다른 성인을 주셨으니.

코러스   〔멀리서 라틴어로 「테 데움」[45] 합창 소리가 들리는 동안〕

당신을 찬미합니다, 아 하느님, 이 땅의 모든 피조물 속에 당신 영광 보여주셨으니,

눈 속에, 빗속에, 바람 속에, 폭풍 속에, 당신의 모든 피조물 속에, 사냥하는 자와 사냥당하는 자 모두.

이는 모든 것들이 오직 당신이 보시는 대로만 존재함이요, 오직 당신이 아시는 대로만, 모든 것들 존재함은

오직 당신의 빛 속에서만, 또 당신의 영광은 심지어 당신을 부인하는 그것들도 선포하오니, 저 어둠은 빛의 영광을 선포하오니.

당신 부인하는 자들도, 당신이 존재하지 않으셨으면, 부인하지 못할 것입니다, 또 그들의 부인은 절대로 완전치 못하니, 만약 그렇다면, 그들은 존재치 않았을 것이니.

그들은 살아 있으므로 당신을 긍정합니다, 모든 것들은 살아 있으므로 당신을 긍정하오니, 공중의 새, 매와 방울새 둘 다, 땅

---

45) 「테 데움Te Deum」은 "당신을 찬미합니다, 하느님"으로 시작하는 찬송가로 정례 미사에 자주 사용된다. 이어지는 코러스는 이 찬송가에 기반을 두고 있다.

위에 짐승들, 늑대와 양 둘 다, 흙 속 벌레와 배 속의 벌레도.

그러니 인간은, 당신이 당신을 의식토록 창조하신 존재이니,
의식하며 당신을 찬미해야 할 것입니다, 생각과 말과 행위로.

심지어 빗자루 잡은 손으로도, 불 지피느라 굽은 등으로도,
아궁이 청소하느라 꿇은 무릎으로도, 우리들, 캔터베리의 밀고
닦는 청소부들도,

힘겨운 노동으로 등골 휘고, 죄의 짐으로 무릎 꿇어져, 두 손
은 두려움에 깔려 있고, 머리는 비탄에 짓눌리나,

심지어 우리에게도 계절 바뀌는 음성들, 봄의 노래, 여름 벌
레 소리, 들짐승 날짐승 소리가 당신을 찬미합니다.

우린 당신의 피, 피로 구원하신 당신의 은혜에 감사드립니다.
당신의 순교자와 성인들의 그 피는

이 땅을 살찌울 것이요, 거룩한 터전들 창조할 것이니.

이는 성인이 머물렀던 곳은 어디건, 성인이 피 흘려 그리스도
의 핏값 낸 곳마다,

거룩한 땅이요, 그 거룩함은 거기를 떠나지 않을 것이기에,

군대들이 짓밟고 지나가도, 관광객 구경꾼들이 안내책자 들고
구경 와도,

서편 바다가 이오나[46] 해안을 물어뜯는 거기에서,

사막의 죽음에 이르기까지, 무너진 제국의 기둥 곁 잊힌 장소
에서 하는 기도,

그런 터에서 영원히 대지를 쇄신하는 그 힘이 솟아오릅니다

---

46) Iona: 스코틀랜드 서쪽의 섬.

비록 영원히 부인당하지만. 그러므로 아 하느님, 우리는 당신
께 감사드립니다
    그런 축복을 캔터베리에 주셨으니.

    우리를 용서하소서, 주님, 우리는 보통 사람의 전형임을 인정
합니다,
    문 걸어 닫고 화롯가에 앉아 있는 남자와 여자들,
    우리는 하느님의 축복을, 하느님의 밤 그 적막함을, 우리의
굴복 요구하시는 것을, 빼앗김 당하는 것을 두려워합니다.
    우리는 인간들의 불의를 하느님의 공의보다 더 두려워하오니,
    창문에 보이는 손, 초가지붕에 난 불, 주막에서 해대는 주먹
질, 등 떠밀려 운하로 빠질까,
    그게 덜 두렵지요, 하느님의 사랑보다.
    우리의 범죄, 우리의 연약함, 우리의 잘못 인정하오니, 우리
인정하오니
    이 세상 죄가 우리 머리 위에 씌워져 있음을, 순교자들의 피
와 성인들의 고뇌가
    우리 머리 위에 씌워져 있음을.
    주여, 우리에게 자비 베푸소서.
    그리스도여, 우리에게 자비 베푸소서.
    주여, 우리에게 자비 베푸소서.
    축복받은 토머스여, 우리 위해 기도하소서.

옮긴이 해설

「사중주 네 편」 외―T. S. 엘리엇의 장시

T. S. 엘리엇Eliot은 제임스 조이스James Joyce, 버지니아 울프Virginia Woolf 등과 함께 20세기 영미 모더니즘 문학을 대표하는 이름이다. 그런데 한국에서는 조이스나 울프와 달리, 엘리엇의 작품 세계가 한 가지 측면에 국한되어 수용되는 경향이 있다. 엘리엇 전문 연구자들을 제외한다면, 일반 영문학도들이나 독자들은, 1965년까지 살며 다양한 시, 희곡, 평론을 쓰고 영국, 미국, 프랑스에서 최고 문화 훈장을 받았을 뿐만 아니라, 1948년에 노벨문학상을 받은 이 대문호를 1922년 작품인 「황무지The Waste Land」의 작가로만 인식한다. 엘리엇의 그 이후의 작품과 활동에 대해 무지하거나 무관심한 것은 일반인들뿐만이 아니다. 전문 연구자들 또한 ('기독교'를 배척하고 싶은 마음에서) 후기 엘리엇을 배척하는 경향이 지배적이다. 같은 해에 출간된 조이스의 『율리시즈Ulysses』와 함께 영미 문학 및 세계 문학의 기념비적인 작품임이 분명한 「황무지」의 중요성을 부인할 이유는 전혀 없다. 그러나 엘리엇의 시 세

계가 과시적인 실험성이 특징인 「황무지」의 경지를 넘어서서 깊은 사색과 성찰, 교훈과 비전의 시학으로 나아갔음을, 또한 본인이 갈고닦은 온갖 시작법의 기교를 동원해 그 뒤로 운문 희곡들을 창작했음을 무시하거나 모른 채 '엘리엇'의 이름을 거론하는 것은 문제가 있다.

이 책은 한국 독자에게 엘리엇의 본모습을 알려주기 위해 기획되었다. 다시 말해 (물론 저작권법의 제약 때문이기도 하나) 「황무지」 이외의 작품을 통해 '또 다른' 엘리엇을 만나보게 하고자 하는 취지의 산물이다. 표제작 「사중주 네 편Four Quartets」은 완숙기 엘리엇의 작품일 뿐만 아니라 영어로 쓴 최고 수준의 철학적 시이다. 이 번역서의 주인공은 「황무지」의 작가가 아니라 「사중주 네 편」의 작가로서 엘리엇이요, 기타 작품들은 모두 「사중주 네 편」으로 '향해 가는' 작품들이기에 이 책에 함께 모아놓았다. 이 작품들은 「사중주 네 편」의 각 '사중주'와 마찬가지로, 개별적으로 소책자로 나오거나 문예지에 발표된 작품들로서, 각 작품은 강조점과 내용이 다소 상이한 '장'들로 나누어져 있다. 또한 엄밀히 따지자면 엘리엇의 '장시'는 아니지만 그가 쓴 최초의 운문 희곡인 「대성당 살인Murder in the Cathedral」은 그 내용이나 정서, 창작 시기가 「사중주 네 편」과 상통하기에 (또한 규모와 스케일로만 치면 거대한 장시이기에) 이 번역 선집에 같이 수록했다.

엘리엇의 생애는 연보에 담아놓았고, 각 작품들의 출간 및 배경, 개요는 옮긴이 주에서 밝혀놓았기에 이 자리에서는 이 작품들을 관통하는 공통 요소들이 무엇이고, 이를 한국어로 전달하기 위해 옮긴이가 선택한 전략 및 기준이 무엇이었는지를 세 가지로 구분해 밝히겠다.

첫째로, 이 번역서에 소개된 엘리엇은 무엇보다도 '음악'의 대가이다. 엘리엇을 '모더니즘' 시인으로 분류하는 논법에서는 흔히 엘리엇을 파격적이고 충격적인 이미지를 만들어낸 시인으로 인식한다. 현대 사회의 황폐한 정신과 정서를 '황무지'라는 이미지에 잡아놓은 시인 엘리엇, 그 제목만 떠올려도 충분히 엘리엇의 시학을 간파하고도 남음이 있지 않은가? 호라티우스의 말대로 '그림 그리듯 시 쓰기(ut pictura poesis)'의 통념을 따라 시가 재현하는 '그림'에서 시의 본질과 가치를 찾고자 하는 이들은 예나 지금이나 동과 서를 막론하고 늘 넘쳐난다. 하지만, 엘리엇은 '그림'의 시인일 뿐 아니라, 보다 더 근본적으로, 또한 보다 더 일관되게 '소리'와 '음악'의 시인이다. 그의 음악에서는 전통적인 영시의 화성과 리듬을 깬 '현대 음악'적 대위법과 불협화음이 자주 들리기에, 마치 그것은 음악이 아닌 것으로 오해할 수 있다. 그러나 화성은 불협화음을, 리듬은 엇박자를 늘 포용하고 포함하듯이, 엘리엇의 다양한 운율의 변형 및 변이는 기묘한 음악을 만들어내는 요소들로 읽어야 하고 또한 '들어야' 한다. 엘리엇이 '음악'의 시인으로서 지극히 모던한 새로운 시의 음악성을 구축해내었다는 점에서도 그는 '모더니즘'의 대가이다.

이 글은 엘리엇 시의 음악성을 논하는 글이 아니지만, 이미 국내에 널리 소개된 초기 시 한 대목으로 이를 예시하고 강조할 필요는 있을 듯하다. 그가 수준급 시인으로서 인정받게 된 작품인 「프루프록의 사랑 노래The Love Song of J. Alfred Prufrock」는 "마치 탁자 위 에테르에 마취돼 누운 환자 같은(Like a patient etherized upon a table)"이라는 '모더니즘'적 '그림' 때문에도 유명하지만, 제목이 '노래'일뿐더러, '노래'답게 다음과 같은 '후렴'이 간간이 등장한다.

방에서 여인들은 왔다 갔다

하는 애기 화제는 미켈란젤로
In the róom the wómen cóme and gó
Tálking of Míchelángelo.

　'미켈란젤로'는 르네상스 최고의 조각가로 이 시행에 등장하는 것
이 아니라, '컴 앤 고'("come and go")와 각운을 맞추기 위해 동원된
대사이다. 그런데 영시의 기본 음악성은 각운보다는 한 시행 안에서 강
세의 유형과 강세의 숫자에서 발생한다. 인용 시행에서는 강세 표시를
찍은 음절들과 그렇지 않은 음절들이 교차하며 장단을 만들어낸다. 그
런데 영어식으로 발음할 때 '마이클앤젤로'는 무려 두 개의 강세를 품
고 있는 단어가 된다. 유명인의 이름을 시적 장단의 소재로 삼는 이 시
인의 음악적 기교는 참으로 기발하고 극히 '모던'하다. 물론 이 시행은
현대의 무의미한 일상을 예시해주는 '이미지'이기도 하나, 이를 '그림'
으로만 보고 그 '음악'을 듣지 못한다면 이 작품을 제대로 만난 것은 아
니다.
　엘리엇이 음악적 기법을 초기에서 후기까지 일관되게 구사해왔음
은 「사중주 네 편」의 제목만을 봐도 알 수 있다. '사랑 노래'로 시작한
엘리엇의 시적인 여정이 마치 베토벤의 후기 현악 사중주를 연상시키
는 복합적이고 다성적인 '사중주'들로 마무리되었다는 사실을 직시할
때, 「사중주 네 편」 이외 기타 엘리엇이 공들여 구성해놓은 장시들을
옮기는 자가 그의 음악성을 무시하거나 음악성에 무지한 번역을 내놓
는다면 큰 흠이 될 수밖에 없다.
　옮긴이는 영어를 일찍 배운 덕에 영어의 '음악성'을 듣는 '귀'
는 갖춘 편이나, 이를 한국어로 재구성하는 과제는 보통 어려운 일

이 아니었다. 말의 순서와 음절의 숫자, 영시에서 자주 등장하는 두운 (alliteration), 다양한 의도에서 시도하는 각운 등을 한국어로 어떻게 표현할 것인지를 두고 여러 날과 여러 시간 고민했으나 그 숙제를 제대로 수행했는지는 독자들의 판정에 맡긴다. 단적인 예로, "The Hollow Men"의 제목을 "휑한 자들"로 옮긴 것도 '그림'과 '뜻'을 고려했을 뿐 아니라 원 제목의 음향을 전달하려는 시도였다. 각 작품 번역에서도 우리말로서는 지나치게 주어와 술어의 도치가 너무 자주 등장하고, '하였다'로 마무리되지 않은 불완전 구문(국문학자들은 곧장 외치리라, '비문'으로 넘치는 번역이다!)이 많이 눈에 띄는 것도, 음악성을 최고의 잣대로 선택한 데 따른 결과들이다.

둘째로 강조할 점은 엘리엇의 기독교적 영성이다. 「황무지」까지만 아는 사람들은 이내, '그의 문학이 딱히 기독교랑 무슨 상관이 있는가?'라고 반문할 것이다. 엘리엇의 다른 작품들을 제쳐두고 「황무지」에만 집중하고 열광하는 것은 바로 이 작품의 '비기독교적인' 허무주의를 값지게 여기기 때문이기도 할 것이다. 가령 서구의 기계 문명 '기술'은 받아들이지만 서구의 기독교 '정신'은 철저히 배제하려 애쓴 일본인들이 소개한 엘리엇은 「황무지」(일본어로는 "황지")의 시인이었다. 그 영향은 일본의 식민지가 되었던 대한제국에 이어 한반도에 오늘날에도 그대로 남아 있다. 그러나 엘리엇은 단연코 「황무지」에만 머물지 않았다. 이 책의 첫번째 작품 「휑한 자들」은 정작 시인 자신은 「황무지」의 세계에 안주하거나 만족하지 못하고, 개인의 정신과 서구 문명의 구원을 얼마나 갈망했는지를 명백히 증언한다. 「휑한 자들」을 쓰던 1920년대 중반에 극도의 우울과 정신적 공황 상태에 빠져 있던 엘리엇은 1927년, 드디어 '출구'와 '처방'을 찾는다. 그 처방은 이미 정통 기독교는 졸업했다고 자부하는 울프 등의 동료 문인들로서는 지극히 경멸스럽고 실망스러운 해법이었다. 엘리엇의 출신 집안 배경은 기독교 삼위일체 교리를 거부하는 '유니테리언' 교파에 닿아 있다. 그의 조부는 '유니테리언' 목회자로서, 온갖 사회사업에 열을 내었던 인물이었다. 영국으로 건너와 시인이자 평론가, 출판사 편집장으로서 한참 '잘나가던' 엘리엇은 「황무지」와 「휑한 자들」의 세계를 넘어서기 위해, 조부가 배격했던 삼위일체 신앙을 받아들인다. 또한 그냥 삼위일체를 믿는 정통 기독교 종파가 아니라, 개신교이면서도 구교의 '전통'을 영국화해서 고집스레 지켜온 영국 성공회의 품으로 들어간 것이다. 게다가 성공회 계파 중에서도, 가급적 종교개혁 이전의 전통과 정서에 가까이 가고자 진력하던 '앵글로 가톨릭'파에 귀의한다. 그것도 그냥 '조용히' 귀의하는 것이 아니라 엘리엇은 적극적으로 교회 봉사를 하며, 공개적으로 본인의 개종을 선언하고, 하는 말과 쓰는 글에서 '앵글로 가톨릭'으로서의 입장을 당당히 내세웠다.

　이 책이 소개하는 엘리엇은 바로 이와 같은 공적인 기독교 문인 엘리엇이다. 옮긴이는 엘리엇과 신앙을 공유하고 있기에, '하느님'의 이름이 자주 입에 오르고, 그의 장시들을 그 본모습 그대로 거리낌 없이 옮겼다. 또한 옮긴이 주에 성서 본문을 매번 표시해놓아서, 기독교 문인 엘리엇의 본 모습을 가감 없이 부각시켰다. '모더니즘'은 허무주의, 무신론과 동의어이고, '신은 죽었다'는 '믿음' 아래 세속적 감각주의를 추종해야 '모던한 것이다'라는 통념을 엘리엇은 과감히 깬다. 그러나 그의 '기독교 시학'이 탁월한 모더니즘적인 어법과 운율을 구사하기에, 독자의 신앙 유무와 종교적 성향을 넘어서는 보편적인 경지에 도달하고 있음을 (만약 이 번역이 성공적이었다면) 읽어낼 수 있을 것이다. 그러한 보편성이야말로 가장 기독교적인 것이기도 하다. 우주를 창조한 하느님이 집요하게 타락과 파멸의 길로만 가려 하는 인류의 구원을 위해 피조물의 몸을 입고 십자가에 희생 제물로 자신을 내주었다는 이 기독교의 핵심 진리에서 발원하는 보편성을 「성회 수요일」 이후 엘리엇의 작품은 여러 음조와 여러 색조로 전하고 또 전한다.

세번째로 강조할 점은 엘리엇의 창작이 '비평적'이라는 사실이다. '비평적'이란 말은 그가 다른 작품들, 특히 선배 대시인들의 고전에 대한 이해와 활용을 작품 창작의 원리로 채택하고 있다는 의미이다. 이를 요즘 유행하는 말로 '상호텍스트성'이라고만 하면, 단순한 '유희'와 '유식함'의 과시로만 비칠 수 있다. 실제로 작품의 각 부분들의 출처를 밝혀주는 주석까지 뒤에 달아놓은 「황무지」는 이런 점에서 '상호텍스트성'을 부각시키고 있다. 그러나 완숙기 엘리엇이 다른 작품들을 끌어오고 불러내는 방식은 훨씬 더 유기적이고 절제되어 있기에, '비평적' 층위라는 말로 굳이 이를 표현해보았다. 다른 '고전'이라고 했지만, 사실상 「휑한 자들」 이후 엘리엇이 꾸준히 지속적으로 대화해온 고전은 단 하나, 단테 알리기에리Dante Alighieri의 『신곡Divina Commedia』이다.

엘리엇은 아마도 가장 잘 알려진 자신의 평론 「전통과 개인적 재능 Tradition and the Individual Talent」에서, 제대로 된 작가라면 "그의 작품에서 가장 최상의 그리고 가장 개성적인 부분들은 죽은 시인들, 그의 조상들이 그들의 불멸성을 가장 활기차게 행사하는 곳들"이라고 주장한다. 시인 엘리엇 안에서 "불멸성을…… 활기차게 행사하는" "조상"은 혈통이 다른 단테이다. 엘리엇의 시가 단테와 사귀어온 여정은 시인으로서 그의 여정 전체와 그대로 겹친다. 첫번째 시기는, 파격적인 형식 실험을 선보이며 '황량한' 20세기 서구의 정신적 풍경을 잡아낸 「황무지」에서 정점에 이른다. 이 시기의 엘리엇 작품에는 단테의 「지옥」의 그림자가 짙게 드리워져 있다. 그러나 대중적으로 가장 잘 알려져 있고, 또한 학계에서도 가장 선호하는 이 첫번째 엘리엇은 영국 성공회 신앙을 받아들인 기독교도 엘리엇이라는 두번째 '버전'으로 대체된다. 「성회 수요일」이 대변하는 이 두번째 단계는 단테의 「연옥」과 깊은 사귐으로 점철된다. 엘리엇이 단테의 「천국」에 해당하는 세번째 단계에까지 이르렀는가는 다소 논란의 여지가 있다. 분명한 점은 엘리엇의 작품 세계 전반에 걸쳐 「천국」을 직간접적으로 인용하거나 떠올리는 순간들은 「연옥」에 비해 매우 적다는 것이다. 엘리엇의 시들은 연옥의 영혼들처럼 아직껏 끝나지 않은 회생의 가능성 속에 사는 이 세상 사람들을 위한 작품들이기에, 단테의 「연옥」을 그의 작품 세계 전반, 특히 개종 후 창작의 서사적 틀이자 모형으로 삼았다. 엘리엇의 장시를 옮기려면 원문의 복합적인 음성을 제대로 파악해야 할 것인데 이를 위해서는 그 대위법의 한 축인 단테를 보고 들어야 한다. 옮긴이는 단테를 '독학'하긴 했으나 단테와 그의 언어에 대해 전혀 무지하지는 않기에, 옮긴이 주를 통해 엘리엇이 단테와 '비평적' 대화를 하는 내용과 방식을 설명해놓았다.

원작자 소개가 본의 아니게 옮긴이의 '변명'으로 대체되었다. 하지만 엘리엇의 언어와 목소리를 한국어로 재구성해놓는 작업의 성격과 방향을 분명히 밝혀두는 편이 장황한 작가론을 펼치는 것보다 독자에게 더 유익하리라는 생각에서 이 지면을 이와 같이 활용했다. 원작자의 의도와 원작이 하고자 하는 말들은 번역시 자체가, 또한 (역시 본의 아니게 288개에 달하는) 숱한 옮긴이 주들이 대언하리라 믿는다.

'비개인적' 시학을 추구했던 엘리엇을 번역하는 자가 개인적인 발언을 늘어놓는 것은 적절치 않겠으나, 꼭 언급할 이름들이 있다. 입시 낙방의 충격에서 헤어나지 못하던 어린 학부생에게 엘리엇을 처음 가르쳐준 분은 (당시 이름대로) '외대 영어과'의 이영걸 교수님이셨다. 고인이 되신 그분과 같은 직장 동료로도 지낸 바 있으나 제자 된 도리를 제대로 해본 적 없다는 회한이 든다. 살아 계셨다면 이 번역서를 크게 반기셨을 것이다. 학부 졸업 후 서울대학교 대학원에서 본격적으로 영문학도의 길에 들어선 뒤 엘리엇을 떠났다가, 50대에 접어들어 다시 엘리엇과 만났다. 그 만남은 연세대학교 영문과와 언더우드 학부 학생들을 대상으로 가르쳐온 '영어 성경과 영문학'을 통해서였다. 이 수업에 동참했던 국내외 여러 학생들의 이름을 일일이 들 수 없으나, 지성과 영성을 갖춘 이 젊은이들과의 교제를 이 번역서로 기념한다. 마지막으로, 이 번역 작업을 흔쾌히 지원해주신 대산문화재단 곽효환 상무님과 격려를 아끼지 않은 정명교, 손영주 두 분 교수님, 또한 원고를 검토해준 익명의 심사위원, 원고의 완성도를 높여주신 문학과지성사 외국문학팀에 깊은 감사의 마음을 전한다.

마감을 안 할 수 없는 작업이기에 원고에서 손을 떼었으나 흠결을 말끔히 제거할 시간이나 능력은 옮긴이가 갖고 있지 못하다. 못난 죄인의 못난 손으로 지어낸 이 글로도 우리를 구원하신 예수 그리스도에 대한 찬미가 되기를 원저자 엘리엇과 함께 기도한다.

작가 연보

1888   토머스 스턴스 엘리엇Thomas Stearns Eliot 태어남. 출생지는 미국 미시시피 강변 도시였던 미주리 주, 세인트루이스. 엘리엇 집안은 17세기에 영국에서 뉴잉글랜드로 이민 온 보스턴 명문 가문으로, 조부가 유니테리언파 선교 사업을 목적으로 세인트루이스로 이주함. 엘리엇은 세인트루이스에서 자라났지만 매사추세츠주 북부 케이프 앤Cape Anne에, 성공적인 사업가였던 부친이 지은 별장에서 여름을 보냄. 「드라이 샐베이지스」 등 그의 작품에서 바다와 해양의 이미지가 자주 나오는 것은 그러한 성장 배경을 반영함.

1898   세인트루이스의 스미스 아카데미Smith Academy에 입학. 어린 시절 건강이 안 좋았던 엘리엇은 학급 친구들과 놀기보다 혼자 책을 보며 지냄. 엘리엇은 이 명문 사립학교에서 일찍이 라틴어, 고전 그리스어, 프랑스어, 독일어 등을 배움. 이 학교 재학 시절인 14세 무렵부터 엘리엇은 시 창작에 손을 대기 시작.

1905   세인트루이스를 떠나서 매사추세츠주 밀턴 아카데미Milton Academy로 진학.

1906~10   하버드 대학에 입학, 1909년 3년 만에 유럽 문학 전공 학사학위를

취득. 하버드 재학 시절 프랑스 상징주의 문학과 단테에 심취함. 둘 다 그의 문학 세계에 큰 영향을 미침.

1910~11 파리 소르본 대학에서 1년 수학, 앙리 베르그송Henri Bergson의 강의를 들음. 1911년 여름에, 「프루프록의 사랑 노래The Love Song of J. Alfred Prufrock」 초고를 완성.

1911~14 하버드로 돌아와 대학원에서 인도 철학과 산스크리트 문학을 공부.

1914 영국 옥스퍼드 대학 머튼 칼리지Merton College, Oxford에 장학금을 받고 유학. 옥스퍼드를 별로 좋아하지 않은 엘리엇은 런던에서 시간을 많이 보냄. 이 시기에 런던에서 활동 중이던 에즈라 파운드 Ezra Pound를 만남.

1915 옥스퍼드를 떠나 런던에 정착, 런던 대학의 성인 재교육반에서 영문학 강사 생활을 함. 영국 여인 비비엔 헤이우드Vivienne Haigh-Wood와 결혼. 이 결혼 생활은 부인 비비엔의 육체 및 정신 건강이 안 좋은 관계로 행복하지 않았음.

1917 『프루프록 및 기타 관찰Prufrock and Other Observation』 출간. 런던 지역의 대학, 고교 등에서 영문학 강의를 하다가, 로이드 은행 (Lloyds Bank) 해외영업부에 취직.

1919 시 창작뿐 아니라 서평가, 평론가로도 활동하기 시작, 그의 대표적인 평론인 「전통과 개인의 재능Tradition and the Individual Talent」을 『에고이스트The Egoist』지에 발표.

1920 평론집 『신성한 숲The Sacred Wood』 출간. 그해 여름 파리 여행 중 제임스 조이스James Joyce를 만나고 둘은 친한 사이가 됨.

1921 과로로 지쳐 로이드 은행을 휴직한 뒤, 영국과 유럽을 여행. 이때 「황무지The Waste Land」 초고 완성, 파운드에게 검토를 의뢰함.

1922 『황무지』 출간. 자신이 편집하는 문예지 『크라이티어리언Criterion』

창간호 발간.

1925 『시집, 1909~1925*Poems 1909-1925*』 출간. 로이드 은행을 떠나서 페이버(Faber and Gwyer, 1929년부터는 상호가 Faber and Faber로 바뀜) 출판사 편집장으로 취직. 평생 이 출판사에서 일하며 오든w. H. Auden 등 20세기 영시의 대표적인 작가들의 시집을 다수 출판. 외적으로 화려한 문단 활동을 하던 중에 내면적으로 심각한 정신 적 공황 상태에 빠짐. 이해에 발표한 「횡한 자들The Hollow Men」은 이러한 상태를 극명히 보여주는 작품임.

1927 엘리엇은 정신적 위기를 신앙을 통해 극복하기 시작함. 영국 성공 회 중에서도 구교적인 요소를 적극 받아들인 '앵글로 가톨릭Anglo-Catholic' 계열 교회에 열심히 출석하며 본격적으로 기독교 지식인 및 문인으로서 활동하기 시작. 그의 문단 동료들은 대부분 그의 개 종에 실망했으나 본인은 개의치 않음. 또한 엘리엇은 미국 국적을 버리고 정식으로 영국 시민이 됨.

1930 『성회 수요일*Ash Wednesday*』 출간.

1932 『에세이 선집, 1917~1932*Selected Essays 1917-1932*』 출간.

1933 그 전해부터 모교인 하버드 대학에 '노튼 특임 교수(Charles Eliot Norton Professorship of Poetry)'로 초빙되어 시와 문학에 대해 1년 간 강연을 함. 이 강연문들은『시의 용도와 비평의 용도*The Use of Poetry and the Use of Criticism*』로 이해에 출간됨. 미국 체류 기간에 버 지니아 대학에서 한 강연문들은『이상한 신들의 추종*After Strange Gods*』이란 제목으로 1934에 출간됨. 미국 체류를 계기로 부인 비 비엔과 완전히 별거에 들어감.

1934 런던 교회 재건축 비용을 마련하기 위해 공연한 「반석The Rock」 제 작에 참여, '코러스'를 씀.

1935 운문으로 쓴 희곡 「대성당 살인Murder in the Cathedral」 초연. 이후로

는 「사중주 네 편」을 제외하면 운문 희곡 창작에만 집중함.

1936 『시집 1909~1935Collected Poems 1909-1935』 출간. 「사중주 네 편」의
첫번째 작품이 될 「번트 노튼Burnt Norton」이 이 시집에 수록됨.

1939 두번째 운문 희곡인 「가족 재회The Family Reunion」 초연. 사회 비평
서 『기독교적 사회라는 개념The Idea of a Christian Society』 출간. 유
머 시집 『늙은 주머니쥐의 실용적 고양이 안내서Old Possum's Book of
Practical Cats』 출간.

1940 『이스트 코커East Coker』 출간.

1941 『드라이 샐베이지스The Dry Salvages』 출간.

1942 『리틀 기딩Little Gidding』 출간.

1943 『사중주 네 편Four Quartets』 미국에서 출간(영국에서는 1944년에 출
간).

1947 부인 비비엔 사망.

1948 노벨문학상 수상. 사회 비평서 『문화의 의미를 탐색하며 Notes
Towards the Definition of Culture』 출간. 엘리엇의 영국 문학과 문화에
대한 기여를 인정해 국왕이 그에게 '메리트 훈장(Order of Merit)'
을 수여함.

1949 운문 희곡 「칵테일 파티The Cocktail Party」 초연. 1950년에 뉴욕 브
로드웨이 공연으로 '토니 상(Tony Award for Best Play)' 수상.

1951 프랑스 정부가 엘리엇에게 '레종 도뇌르(Legion d'honneur)' 훈장
을 수여함.

1953 희곡 「개인 비서The Confidential Clerk」 초연.

1957 페이버 출판사 직원이던 발레리 플레처Valerie Fletcher와 재혼. 첫번
째 결혼과 마찬가지로 두번째 결혼에서도 자녀는 태어나지 않음.
『시와 시인들에 대하여On Poetry and Poets』 출간.

1958 희곡 「원로 정치인The Elder Statesman」 초연.

1959	이탈리아 피렌체 시가 엘리엇이 창작과 비평에서 단테를 깊이 있게 부각시킨 공로를 인정해 '단테 금메달(Medaglia d'oro Dante Alighieri)'을 수여함.
1963	『시집 1909~1962Collected Poems 1909~1962』 출간.
1964	미합중국이 '대통령 자유 훈장(Presidential Medal of Freedom)'을 엘리엇에게 수여함.
1965	런던 자택에서 폐질환으로 사망(엘리엇은 평생 애연가였음). 그의 유해는 본인의 유지에 따라 화장 후 이스트 코커 교회에 안치됨.

세계문학과 한국문학 간에 혈맥이 뚫려, 세계—한국문학의 공진화가 개시되기를

  21세기 한국에서 '세계문학'을 읽는다는 것은 무엇을 뜻하는가? 자국문학 따로 있고 그 울타리 바깥에 세계문학이 따로 있다는 말인가? 이제 한국문학은 주변문학이 아니며 개별문학만도 아니다. 김윤식 · 김현의 『한국문학사』(1973)가 두 개의 서문을 통해서 "한국문학은 주변문학을 벗어나야 한다"와 "한국문학은 개별문학이다"라는 두 개의 명제를 내세웠을 때, 한국문학은 아직 주변문학이었다. 한데 그 이후에도 여전히 한국문학은 주변문학이었다. 왜냐하면 "한국문학은 이식문학이다"라는 옛 평론가의 망령이 여전히 우리의 의식을 장악하고 있었기 때문이다. 그렇게 생각하고 그렇게 읽고, 써온 것이었다. 그리고 얼마간 그런 생각에 진실이 포함되어 있는 것도 사실이었다. 그러나 천천히, 그것도 아주 천천히, 경제성장이나 한류보다는 훨씬 느리게, 한국문학은 자신의 '자주성'을 세계에 알리며 그 존재를 세계지도의 표면 위에 부조시키고 있었다. 그런 와중에 반대 방향에서 전혀 다른 기운이 일어나 막 세계의 대양에 돛을 띄운 한국문학에 위협적인 격랑을 밀어붙이고 있었다. 20세기 말부터 본격화된 '세계화'의 바람은 이제 경제적 재화뿐만이 아니라 어떤 나라의 문화물도 국가 단위로만 존재할 수 없게 하였던 것이니, 한국문학 역시 세계문학의 한 단위라는 위상을 요구받게 되었던 것이다.

그러니 21세기 한국에서 세계문학을 읽는다는 것은 진정 무엇을 뜻하는가? 무엇보다도 세계문학이라는 개념을 돌이켜 볼 때가 되었다. 그동안 세계문학은 '보편문학'의 지위를 누려왔다. 즉 세계문학은 따라야 할 모범이고 존중해야 할 권위이며 자국문학이 복종해야 할 상급 문학이었다. 그리고 보편문학으로서의 세계문학의 반열에 올라간 작품들은 18세기 이래 강대국의 지위를 누려온 국가의 범위 안에서 설정되기가 일쑤였다. 이렇게 해서 세계 각국의 저마다의 문학은 몇몇 소수의 힘 있는 문학들의 영향 속에서 후자들을 추종하는 자세로 모가지를 드리워왔던 것이다. 이제 세계문학에게 본래의 이름을 돌려줄 때가 되었다. 즉 세계문학은 보편문학이 아니라 세계인 모두가 향유할 수 있도록 전 세계 방방곡곡에서 쒸어져서 지구적 규모의 연락망을 통해 배달되는 지구상의 모든 문학이라고 재정의할 때가 되었다. 이러한 재정의에는 오로지 질적 의미의 삭제와 수량적 중성화만 있는 게 아니다. 모든 현상학적 환원에는 그 안에 진정한 가치를 향해 나아가고자 하는 지향성이 움직이고 있다. 20세기 막바지에 불어닥친 세계화 토네이도가 애초에는 신자유주의적 탐욕 속에서 소수의 대국 기업에 의해 주도되었으나 격심한 우여곡절을 겪으며 국가 간 위계질서를 무너뜨리는 평등한 교류로서의 대안-세계화의 청사진을 세계인의 마음속에 심게 하였듯이, 오늘날 모든 자국문학이 세계문학의 단위로 재편되는 추세가 보편문학의 성채도 덩달아 허물게 되어, 지구상의 모든 문학들이 공평의

체 위에서 토닥거리는 게 마땅하다는 인식이 일상화까지는 아니더라도 최소한 정당화되고 잠재적으로 전망되는 여건을 만들어내게 되었던 것이다.

또한 종래 세계문학의 보편문학적 지위는 공간적 한계만을 야기했던 게 아니다. 그 보편문학이 말 그대로 보편성을 확보했다기보다는 실상 협소한 문학적 기준에 근거한 한정된 작품 집합에 머무르기 일쑤였다. 게다가, 문학의 진정한 교류가 마음의 감동에서 움트는 것일진대, 언어의 상이성은 그런 꿈을 자주 흐려왔으니, 조급한 마음은 그런 어둠 사이에 상업성과 말초적 자극성이라는 아편을 주입하여 교류를 인공적으로 촉진시키곤 하였다. 이제 우리는 그런 편법과 왜곡을 막기 위해서, 활짝 개방된 문학적 관점을 도입하여, 지금까지 외면당하거나 이런저런 이유로 파묻혀 있던 숨은 걸작들을 발굴하여 널리 알리고 저마다의 문학을 저마다의 방식으로 감상할 수 있는 음미의 물관을 제공해야 할 것이다. 실로 그런 취지에서 보자면 우리는 한국에 미만한 수많은 세계문학전집 시리즈들이 과거의 세계문학장을 너무나 큰 어둠으로 가려오고 있었다는 것을 절감한다.

이와 같은 인식하에 '대산세계문학총서'의 방향은 다음으로 모인다. 첫째, '대산세계문학총서'의 기준은 작품의 고전적 가치이다. 그러나 설명이 필요하다. 이 고전은 지금까지 고전으로 인정된 것들에 갇히지 않는다. 우리가 생각하는 고전성은 추상적으로는 '높은 문학성'을 가리킬 터이지만, 이 문학성이란 이미 확정된 규칙들에 근거한 문학성(그런 문학성은 실상 존재하지 않거니와)이 아니라, 오로지 저만의 고유한 구조를 통해 조직되는데 희한하게도 독자들의 저마다의 수용 기관과 연결되는 소통로의 접속 단자가 풍요롭고, 그 전류가 진해서, 세계의 가장 많은 인구의 감성을 열고 지성을 드높일 잠재적 역능이 알차게 채워진 작품의 성질을 가리킨다. 이러한 기준은 결국 작품의 문학성이 작품이나 작가에 의해 혹은 독자에 의해 일방적으로 결정되는 것이 아니라, 세 주체의 협력에 의해 형성되며 동시에 그 형성을 통해서 작품을 개방하고 작가의 다음 운동을 북돋거나 작가를 재인식시키며, 독자의 감수성을 일깨워 그의 내부에 읽기로부터 쓰기로의 순환이 유장하도록 자극하는 운동을 낳는다는 점을 환기시키고 또한 그런 작품에 대한 분별을 요구한다.

이 첫번째 기준으로부터 두 가지 기준이 덧붙여 결정된다.

둘째, '대산세계문학총서'는 발굴하고 발견한다. 모르거나 잊힌 것을 발굴하여 문학의 두께를 두텁게 하고, 당대의 유행을 따라가기보다는 또한 단순히 미래를 예측하기보다는 차라리 인류의 미래를 공진화적으로 개방할 수 있는 작품을 발견하여 문학의 영역을 확장할 것을 목표로 한다. 이는 또한 공동선의 실현과 심미안의 집단적 수준의 진화에 맞추어 작품을 선별한다는 것을 뜻한다.

셋째, '대산세계문학총서'가 지구상의 그리고 고금의 모든 문학작품들에게 열려 있다면, 그리고 이 열림이 지금까지의 기술 그대로 그 고유성을 제대로 활성화시키는 방식으로 진행되는 것이라면, 이는 궁극적으로 '가장 지역적인 문학이 가장 세계적인 문학'이라는 이상적 호환성을 추구한다는 것을 가리킨다. 이는 또한 '대산세계문학총서'의 피드백에도 그대로 적용될 것이다. 즉 '대산세계문학총서'의 개개 작품들은 한국의 독자들에게 가장 고유한 방식으로 향유될 터이고, 그럴 때에 그 작품의 세계성이 가장 활발하게 현상되고 작용할 것이다.

이러한 기준들을 열린 자세와 꼼꼼한 태도로 섬세히 원용함으로써 우리는 '대산세계문학총서'가 그 발굴과 발견을 통해 세계문학의 영역을 두텁고 넓게 하는 과정 그 자체로서 한국 독자들의 문학적 안목과 감수성을 신장시키는 데 기여할 것을 기대하며, 재차 그러한 과정이 한국문학의 체내에 수혈되어 한국문학의 도약이 곧바로 세계문학의 진화로 이어지게끔 하기를 희망한다. 이는 우리가 '대산세계문학총서'를 21세기의 한국사회에서 수행하는 근본적인 소이이다. 독자들의 뜨거운 호응을 바라마지않는다.

'대산세계문학총서' 기획위원회

대 산 세 계 문 학 총 서

001-002 소설 **트리스트럼 샌디**(전 2권) 로렌스 스턴 지음 | 홍경숙 옮김

003 시 **노래의 책** 하인리히 하이네 지음 | 김재혁 옮김

004-005 소설 **페리키요 사르니엔토**(전 2권)
호세 호아킨 페르난데스 데 리사르디 지음 | 김현철 옮김

006 시 **알코올** 기욤 아폴리네르 지음 | 이규현 옮김

007 소설 **그들의 눈은 신을 보고 있었다** 조라 닐 허스턴 지음 | 이시영 옮김

008 소설 **행인** 나쓰메 소세키 지음 | 유숙자 옮김

009 희곡 **타오르는 어둠 속에서/어느 계단의 이야기**
안토니오 부에로 바예호 지음 | 김보영 옮김

010-011 소설 **오블로모프**(전 2권) I. A. 곤차로프 지음 | 최윤락 옮김

012-013 소설 **코린나: 이탈리아 이야기**(전 2권) 마담 드 스탈 지음 | 권유현 옮김

014 희곡 **탬벌레인 대왕/몰타의 유대인/파우스투스 박사**
크리스토퍼 말로 지음 | 강석주 옮김

015 소설 **러시아 인형** 아돌포 비오이 까사레스 지음 | 안영옥 옮김

016 소설 **문장** 요코미쓰 리이치 지음 | 이양 옮김

017 소설 **안톤 라이저** 칼 필립 모리츠 지음 | 장희권 옮김

018 시 **악의 꽃** 샤를 보들레르 지음 | 윤영애 옮김

019 시 **로만체로** 하인리히 하이네 지음 | 김재혁 옮김

020 소설 **사랑과 교육** 미겔 데 우나무노 지음 | 남진희 옮김

021-030 소설 **서유기**(전 10권) 오승은 지음 | 임홍빈 옮김

031 소설 **변경** 미셸 뷔토르 지음 | 권은미 옮김

032-033 소설   **약혼자들(전 2권)** 알레산드로 만초니 지음 | 김효정 옮김

034 소설   **보헤미아의 숲/숲 속의 오솔길** 아달베르트 슈티프터 지음 | 권영경 옮김

035 소설   **가르강튀아/팡타그뤼엘** 프랑수아 라블레 지음 | 유석호 옮김

036 소설   **사탄의 태양 아래** 조르주 베르나노스 지음 | 윤진 옮김

037 시   **시집** 스테판 말라르메 지음 | 황현산 옮김

038 시   **도연명 전집** 도연명 지음 | 이치수 역주

039 소설   **드리나 강의 다리** 이보 안드리치 지음 | 김지향 옮김

040 시   **한밤의 가수** 베이다오 지음 | 배도임 옮김

041 소설   **독사를 죽였어야 했는데** 야샤르 케말 지음 | 오은경 옮김

042 희곡   **볼포네, 또는 여우** 벤 존슨 지음 | 임이연 옮김

043 소설   **백마의 기사** 테오도어 슈토름 지음 | 박경희 옮김

044 소설   **경성지련** 장아이링 지음 | 김순진 옮김

045 소설   **첫번째 향로** 장아이링 지음 | 김순진 옮김

046 소설   **끄르일로프 우화집** 이반 끄르일로프 지음 | 정막래 옮김

047 시   **이백 오칠언절구** 이백 지음 | 황선재 역주

048 소설   **페테르부르크** 안드레이 벨르이 지음 | 이현숙 옮김

049 소설   **발칸의 전설** 요르단 욥코프 지음 | 신윤곤 옮김

050 소설   **블라이드데일 로맨스** 나사니엘 호손 지음 | 김지원 · 한혜경 옮김

051 희곡   **보헤미아의 빛** 라몬 델 바예-인클란 지음 | 김선욱 옮김

052 시   **서동 시집** 요한 볼프강 폰 괴테 지음 | 안문영 외 옮김

053 소설   **비밀요원** 조지프 콘래드 지음 | 왕은철 옮김

054-055 소설   **헤이케 이야기(전 2권)** 지은이 미상 | 오찬욱 옮김

056 소설   **몽골의 설화** 데. 체렌소드놈 편저 | 이안나 옮김

057 소설   **암초** 이디스 워튼 지음 | 손영미 옮김

058 소설   **수전노** 알 자히드 지음 | 김정아 옮김

059 소설   **거꾸로** 조리스-카를 위스망스 지음 | 유진현 옮김

060 소설   **페피타 히메네스** 후안 발레라 지음 | 박종욱 옮김

061 시   **납** 제오르제 바코비아 지음 | 김정환 옮김

062 시   **끝과 시작** 비스와바 쉼보르스카 지음 | 최성은 옮김

063 소설   **과학의 나무** 피오 바로하 지음 | 조구호 옮김

064 소설   **밀회의 집** 알랭 로브-그리예 지음 | 임혜숙 옮김

065 소설   **붉은 수수밭** 모옌 지음 | 심혜영 옮김

066 소설	**아서의 섬**	엘사 모란테 지음 │ 천지은 옮김
067 시	**소동파사선**	소동파 지음 │ 조규백 역주
068 소설	**위험한 관계**	쇼데를로 드 라클로 지음 │ 윤진 옮김
069 소설	**거장과 마르가리타**	미하일 불가코프 지음 │ 김혜란 옮김
070 소설	**우게쓰 이야기**	우에다 아키나리 지음 │ 이한창 옮김
071 소설	**별과 사랑**	엘레나 포니아토프스카 지음 │ 추인숙 옮김
072–073 소설	**불의 산**(전 2권)	쓰시마 유코 지음 │ 이송희 옮김
074 소설	**인생의 첫출발**	오노레 드 발자크 지음 │ 선영아 옮김
075 소설	**몰로이**	사뮈엘 베케트 지음 │ 김경의 옮김
076 시	**미오 시드의 노래**	지은이.미상 │ 정동섭 옮김
077 희곡	**셰익스피어 로맨스 희곡 전집**	윌리엄 셰익스피어 지음 │ 이상섭 옮김
078 희곡	**돈 카를로스**	프리드리히 폰 실러 지음 │ 장상용 옮김
079–080 소설	**파멜라**(전 2권)	새뮤얼 리처드슨 지음 │ 장은명 옮김
081 시	**이십억 광년의 고독**	다니카와 슌타로 지음 │ 김응교 옮김
082 소설	**잔지바르 또는 마지막 이유**	알프레트 안더쉬 지음 │ 강여규 옮김
083 소설	**에피 브리스트**	테오도르 폰타네 지음 │ 김영주 옮김
084 소설	**악에 관한 세 편의 대화**	블라디미르 솔로비요프 지음 │ 박종소 옮김
085–086 소설	**새로운 인생**(전 2권)	잉고 슐체 지음 │ 노선정 옮김
087 소설	**그것이 어떻게 빛나는지**	토마스 브루시히 지음 │ 문항심 옮김
088–089 산문	**한유문집−창려문초**(전 2권)	한유 지음 │ 이주해 옮김
090 시	**서곡**	윌리엄 워즈워스 지음 │ 김숭희 옮김
091 소설	**어떤 여자**	아리시마 다케오 지음 │ 김옥희 옮김
092 시	**가윈 경과 녹색기사**	지은이 미상 │ 이동일 옮김
093 산문	**어린 시절**	나탈리 사로트 지음 │ 권수경 옮김
094 소설	**골로블료프가의 사람들**	미하일 살티코프 셰드린 지음 │ 김원한 옮김
095 소설	**결투**	알렉산드르 쿠프린 지음 │ 이기주 옮김
096 소설	**결혼식 전날 생긴 일**	네우송 호드리게스 지음 │ 오진영 옮김
097 소설	**장벽을 뛰어넘는 사람**	페터 슈나이더 지음 │ 김연신 옮김
098 소설	**에두아르트의 귀향**	페터 슈나이더 지음 │ 김연신 옮김
099 소설	**옛날 옛적에 한 나라가 있었지**	두샨 코바체비치 지음 │ 김상헌 옮김
100 소설	**나는 고故 마티아 파스칼이오**	루이지 피란델로 지음 │ 이윤희 옮김
101 소설	**따니아오 호수 이야기**	왕정치 지음 │ 박정원 옮김

102 시   **송사삼백수** 주조모 엮음 | 이동향 역주

103 시   **문턱 너머 저편** 에이드리언 리치 지음 | 한지희 옮김

104 소설   **충효공원** 천잉전 지음 | 주재희 옮김

105 희곡   **유디트/헤롯과 마리암네** 프리드리히 헤벨 지음 | 김영목 옮김

106 시   **이스탄불을 듣는다**

오르한 웰리 카늑 지음 | 술탄 훼라 아크프나르 여 · 이현석 옮김

107 소설   **화산 아래서** 맬컴 라우리 지음 | 권수미 옮김

108–109 소설   **경화연(전 2권)** 이여진 지음 | 문현선 옮김

110 소설   **예피판의 갑문** 안드레이 플라토노프 지음 | 김철균 옮김

111 희곡   **가장 중요한 것** 니콜라이 예브레이노프 지음 | 안지영 옮김

112 소설   **파울리나 1880** 피에르 장 주브 지음 | 윤 진 옮김

113 소설   **위폐범들** 앙드레 지드 지음 | 권은미 옮김

114–115 소설   **업둥이 톰 존스 이야기(전 2권)** 헨리 필딩 지음 | 김일영 옮김

116 소설   **초조한 마음** 슈테판 츠바이크 지음 | 이유정 옮김

117 소설   **악마 같은 여인들** 쥘 바르베 도르비이 지음 | 고봉만 옮김

118 소설   **경본통속소설** 지은이 미상 | 문성재 옮김

119 소설   **번역사** 레일라 아부렐라 지음 | 이윤재 옮김

120 소설   **남과 북** 엘리자베스 개스켈 지음 | 이미경 옮김

121 소설   **대리석 절벽 위에서** 에른스트 윙거 지음 | 노선정 옮김

122 소설   **죽은 자들의 백과전서** 다닐로 키슈 지음 | 조준래 옮김

123 시   **나의 방랑―랭보 시집** 아르튀르 랭보 지음 | 한대균 옮김

124 소설   **슈톨츠** 파울 니종 지음 | 황승환 옮김

125 소설   **휴식의 정원** 바진 지음 | 차현경 옮김

126 소설   **굶주린 길** 벤 오크리 지음 | 장재영 옮김

127–128 소설   **비스와스 씨를 위한 집(전 2권)** V. S. 나이폴 지음 | 손나경 옮김

129 소설   **새하얀 마음** 하비에르 마리아스 지음 | 김상유 옮김

130 산문   **루테치아** 하인리히 하이네 지음 | 김수용 옮김

131 소설   **열병** 르 클레지오 지음 | 임미경 옮김

132 소설   **조선소** 후안 카를로스 오네티 지음 | 조구호 옮김

133–135 소설   **저항의 미학(전 3권)** 페터 바이스 지음 | 탁선미 · 남덕현 · 홍승용 옮김

136 소설   **신생** 시마자키 도손 지음 | 송태욱 옮김

137 소설   **캐스터브리지의 시장** 토머스 하디 지음 | 이윤재 옮김

138 소설 **죄수 마차를 탄 기사** 크레티앵 드 트루아 지음 | 유희수 옮김

139 자서전 **2번가에서** 에스키아 음파렐레 지음 | 배미영 옮김

140 소설 **묵동기담/스미다 강** 나가이 가후 지음 | 강윤화 옮김

141 소설 **개척자들** 제임스 페니모어 쿠퍼 지음 | 장은명 옮김

142 소설 **반짝이끼** 다케다 다이준 지음 | 박은정 옮김

143 소설 **제노의 의식** 이탈로 스베보 지음 | 한리나 옮김

144 소설 **흥분이란 무엇인가** 장웨이 지음 | 임명신 옮김

145 소설 **그랜드 호텔** 비키 바움 지음 | 박광자 옮김

146 소설 **무고한 존재** 가브리엘레 단눈치오 지음 | 윤병언 옮김

147 소설 **고야, 혹은 인식의 혹독한 길** 리온 포이히트방거 지음 | 문광훈 옮김

148 시 **두보 오칠언절구** 두보 지음 | 강민호 옮김

149 소설 **병사 이반 촌킨의 삶과 이상한 모험**

블라디미르 보이노비치 지음 | 양장선 옮김

150 시 **내가 얼마나 많은 영혼을 가졌는지** 페르난두 페소아 지음 | 김한민 옮김

151 소설 **파노라마섬 기담/인간 의자** 에도가와 란포 지음 | 김단비 옮김

152-153 소설 **파우스트 박사(전 2권)** 토마스 만 지음 | 김륜옥 옮김

154 시, 희곡 **사중주 네 편—T. S. 엘리엇의 장시와 한 편의 희곡**

T. S. 엘리엇 지음 | 윤혜준 옮김